平凡中的不平凡

— 廖茂松 著

序言

除了偉人、聖人和天才，一般人，也就是說通常大家都是平凡人。

平凡人也要生活，面對生活中的各種壓力，這些壓力也要一一去突破，平凡人比較容易思慮不周而犯錯。

平凡人一生都要面對很多的決定，不管這決定是好的或是不好的，都會影響人的一生。我不想說是對的還是錯的，因為選擇沒有對錯。

平凡人也會不怕艱苦努力工作奮力進取，努力不一定會成功，但是不努力一定不會成功，即使偶然成功，下一次也會失敗，因為好運不會一直跟著你，壞運氣也不會一直跟著你。

努力而失敗並不代表你沒有得到東西，所有的平凡人都有失敗的經歷，失之東隅收之桑榆，既然選擇了就不要後悔，勇往直前就有成功的機會。

希望以下的故事讀了可以讓大家有一點收穫，平凡的人自己也可以創造屬於自己一點不平凡的人生。

目次

第一章　程家

這還是日本時代，大正天皇的時代剛剛結束，昭和元年開始這時是民國十五年。在台灣的南部雲林西螺地區透路尾的一位叫做程金德的農戶，於六月誕生了一位長男。

程氏家族歷代耕農，在離住家約二十分鐘步行的地方擁有一小塊約四分大小的農地和一小片的麻竹園。程金德讀到日據時代的國語學校的師範部畢業，也就是說相當於現在的國中二年級，這學歷在當時已經相當不錯，所以家中雖然務農缺少人手，仍然夠資格讓他到當地的公學校去教台灣籍學生讀書。

教了幾年後，日本人管的水利會缺人，就應徵到了水利會上班（當時的西螺水利引西工作站，還是由虎尾水利局工作站管轄），希望可以結識名人攀登新貴，薪資雖然不高，但是簡單的文書工作和學習水田溝渠的管理，比較於耕稼是輕鬆太多了。不過這樣子幾年下來，使得程金德失去莊稼漢子應該有的粗壯，反而手無縛雞之力，肩不能挑，手不能提，無法做粗重工作。

太太王氏也是西螺鎮中有名望的家庭，家中生有五女一男，王氏排行第三女，長得小家碧玉貌美如花，在當時的媒妁之言下，於民國十四年八月中風風光光的嫁給了程金德，希望以後可以輕鬆持家不用下田耕種。

談到水利，在當時嘉南平原的氣候是夏雨冬乾，而且日照時間長，不利作物生長，所以當地早期耕地多為倚賴天候決定收成的看天田，空有大片的平原卻無法妥善的利用，日本為了發展雲嘉南地區的農業，增加糧食供給量，找來東京帝國大學土木工學科畢業的八田與一，到台灣調查在雲嘉南平原興建大型的水利設施的可行性。

他在一九一八年向總督府提出嘉南大圳建造計畫書，剛開始並不順利，因為此計畫規模太大，興建費用太高而被駁回，但是在幾個月後，日本本土發生米騷動事件，日本內閣態度轉變，在台灣自籌部分財源的條件下，嘉南大圳獲得同意興建，於一九二〇年規劃完成。同年九月，正式動工烏山嶺隧道工程和烏山頭水壩工程，並於一九三〇年提早十五年完工。

這兩項工程完工在當時都是世界上的創舉，由於施工艱難，規模宏大，大壩工程和隧道工程共有一百三十四員工因意外或者疾病而喪生，從此奠定八田與一在日本土木工程界的地位。

今天程家的長男出生了，程家上上下下高興得不得了，程金德尤其高興，因為他剛剛才在水利會見到水利的日本專家八田與一，才寒暄完沒有多久就被家人叫回來，不過於他程金德，這樣的初入會沒有幾年就能見到八田與一，雖然只是短短的寒暄幾句和自我介紹，也是能讓期待好幾天睡不著覺的程金德高興得合不攏嘴。

對於這位程家的長男，程金德只希望他的兒子能夠平平安安長大，所以取名叫做程平凡。因為那時候醫療不發達，孩子因為腦膜炎或者其他感染病的死亡率很高。之後程家接續誕生了長女月英和次男安信，程金德在水利會的工作也更加熟稔，工作認真，也延續了日本人的工作習慣，下班後和同事、上司一起喝酒、聊天增加情感。可惜的是薪水並沒有增加多少，因此程金德夫妻漸漸常為了錢起口角。

王氏也常常埋怨程金德不幫忙家裡的修補的粗重工作，那時候程金德一家大小仍然住在所謂的土角屋，也就是用土塊和竹子所建造的竹屋，屋頂和牆壁很容易遇大風雨就會漏水，經常需要修補，但是程金德卻懶得動，變成王氏需要自己去作搬土修補，本來想嫁過來不必做粗重的莊稼工作的王氏，以為只要簡單的做好媳婦的工作就好，卻想不到要做這些勞心勞力的男人活，日久生怨，夫妻間的隔閡也越來越大。

不過怨偶天成，以前的女子只會怨天尤人，不會動不動就要離婚，好在程金德把上班所得幾乎全數拿給王氏管理，只留下一點零用錢，如此日式作風的男人在以前日本時代比比皆是，女子只能在家當家庭主婦掌管家中所有的一切，小孩子更是她們的一切。

第二章　長子

一九三〇年這一年，程家的長子程平凡虛歲已經五歲了，程平凡長得五官端正，活潑可愛調皮愛玩，已經是附近農家同年紀出名的調皮鬼，雖然大妹和大弟接連出世，媽媽又懷孕需要他幫忙帶，他仍然一有空就溜出去玩。

這一年五月，烏山頭水庫主體工程完工了，對於臺灣在水利會工作的人來說是一件大事，整個會所的人得知消息後大肆慶祝，程金德也不例外，當晚又喝得醉醺醺才回家，回到家卻發現程平凡頭上長了一個包，被罰跪在客廳。

原來孩子和朋友一起偷偷跑到不遠處林家旁的穀物倉庫去玩躲迷藏，

穀物倉庫裡面放了很多布袋裝的各種乾玉米、米、豆類，地瓜和紅糖，貨物不多的時候平常車子直接開到裡邊載貨，所以倉庫大約有二層樓高，一百多坪大，說大不大，倒是小孩子最喜歡的遊樂場所，各類穀物擺放的高高低低的，不同的穀物之間只有相距約一個人寬可以進出的走道，小孩子很容易跳躍過去。

日本時代幾乎沒有小偷，所以平常高至二層樓的大門並不鎖，留下一個小縫以方便進出，小孩子經常偷溜進去在布袋上跳上跳下，不小心跌到穀物布袋中也不會痛，不過不小心跌到走道還是會受傷痛的，倉庫穀物放置呈現凹字型，兩旁和後面放有穀物，只剩中間車子也可以開進來上、下貨或是堆放貨，所以小孩子可以從右邊一直跳到後面再跳到左側，此倉庫是小孩子玩躲迷藏絕佳的場地。

倉庫平常有一位上了年紀的老人看守，這一天又發現小孩子偷跑進去玩，邊吼邊罵也追不到動作靈活的小孩子，脫下腳底的木屐隨手一丟，恰好丟到平凡的頭。

平凡不敢哭，仍然迅速的逃出穀倉跑回家，逃跑的時候不覺得痛，等到一回到家，摸到頭上腫了一個膿包才知道痛，又剛好被媽媽王氏看到，雖然不敢說原因，仍然被王氏拿籐條修理罰跪，程金德問明原因後，也不罵他，直接叫他去睡覺，王氏看到了說：孩子長大了你該管一管，尤其他又是長子更該管。

幾個月後，還有一次和小朋友到田邊的小河去玩耍，河道淺淺的，只到膝蓋高，水流緩慢，旁邊又有樹蔭，是小孩子在盛夏的最佳去處。

有小朋友在河中戲水抓魚，平凡在河中玩了一陣子後，覺得無聊，就在河旁邊的右側撿石頭丟水玩，丟阿丟手一滑，小石頭呈現拋物線，不偏不倚丟中左側在河中彎腰抓魚的一個小朋友的頭，幸好是滑出的小石頭丟到小朋友頭的邊角，感覺好像被誰打了頭一下，小朋友站起來轉身摸了頭一下，看看四周，只覺得稍微有一點痛，看不出來有甚麼可疑的人，轉身又繼續玩水。

不過平凡已經嚇死了，急忙的跑回家，這個事情是多日後平凡自己說出來的，他自己覺得對那位小朋友很抱歉，並向對方說：對不起。並獲得對方的原諒。

還有一次在秋冬的時分，濕淋淋的回到家裡，王氏問：為什麼全身都濕了？平凡才說：不小心掉到田埂中的糞坑中。

原來以前耕地施肥都是用大便當作堆肥，所以會在田埂邊挖一個坑，把收集來的糞便倒入其中，要用的時候再掏出來，如果糞便滿到田埂表面乾掉，看起來就和田埂的泥土路類似，尤其是秋冬天氣乾燥，糞便一經過風吹，沙石樹葉覆蓋一些，就更像一般的田埂。平凡匆忙跑步中，才會誤以為是田埂而踏入。還好糞坑不深，又剛好有婦人經過，把平凡拉起來帶到附近的水井沖洗惡臭乾淨，再自行回家。

再二個月後，也就是十月底，發生了第一次霧社事件，水利會的日本人們私底下竊竊私語，程金德聽到後也不敢對別人說，只有回家向妻子王氏說：賽德克族德克達亞群的馬赫坡等部落，因為不滿總督府的壓迫而聯合起事，在霧社運動會上殺死了很多日本人。王氏問：那你們日本的老闆有說什麼嗎？

那時候台灣已經被日本統治了約三十五年，從一開始的高壓統治到後期的懷柔宣導、教育，也才有原住民考試當了日本警察，平地人已經比較融入日本的統治方式，不過對於政治問題仍然避免公開聞問，即使日本人自己對於政治管理也只會說說而已，不會當眾評論。

程金德回答妻子疑問：我們老闆也只是說出來當聊天題材，不敢說什麼，不過說日本總督府已經派兵去圍剿，應該很快會抓到主事者，平息這次的原住民出草紛亂。王氏說：日本人要是對我們台灣人好一點的話，也不會有這麼樣的事發生，不要老把台灣人當二等人看待就好。

程金德了解王氏這麼說，是因為他在水利會工作多年，薪水幾乎沒有增加多少，只有他在結婚的時候有增加一點結婚眷屬補貼，接下來這幾年都沒有調薪，而小孩子接連出世，花費開銷一直增加，王氏有空的時候只好去和鄰居幫忙農事，以前耕種都是鄰居間互相幫忙，不然農忙時候會來不及收割。從早忙到晚沒有休息的時間，抱怨嘮叨也跟著越來越多，離開她當初想輕鬆持家的願望也越來越遠。

不過她也知道，能夠在日本公司上班已經不錯了，以南部當時的經濟狀況，一般人只能在家從事務農，沒有公司行號可以上班賺錢，所以王氏嘮叨歸嘮叨，也只能忍耐，不過一想到孩子長大了要讀書用錢，孩子接連出生要用錢，將來怎麼辦？就免不了又是一番嘮叨，最後都是私下哭泣，淚流滿面收場。

第三章　求學

次年，平凡一如往常的貪玩常常看不到人，有時候會和一群小朋友跑到甘蔗這園裡去偷吃甘蔗，有時候會和小朋友玩躲迷藏躲到田中的乾稻草堆裡面，直到小朋友全部回家了才出來，因為平凡躲到不知不覺已經在乾稻草堆裡面睡著了。

四月的時候，又爆發第二次霧社事件，道澤群被日本山地警察小島源治挑撥，殺死了兩百一十六個賽德克族人。五月六日，日本強制賽德克族人六社約兩百九十八人遷移到北港溪流域與眉原溪交會處之中川島，以便集中監視，並將賽德克族六社合為一社，改名為川中島社。

程金德是在事後偷看到蔣渭水的《台灣新民報》才知道這件事。程金德的日本人上司並不討論此事，在沒有收音機、電視機的時代，只有偶爾看看不容易取得的報紙才能知道時事，西螺在當時日治時代雖然不是無名的小鄉鎮，但是對於政治仍然相當保守封閉，對於政治大人常說的話就是：小孩子有耳無嘴，少說話。

再次年，平凡已經虛歲七歲、足歲六歲，到了應該讀書的年紀，日治時代一九三二年那時候還沒有義務教育，但是一般過得去的家庭，仍然會讓小孩子去讀由台灣人捐款出資讓台灣人讀的公學校，總督府只負責教師薪資、學校校舍，行政經費由各街的庄頭自行負擔。日本小孩讀的是小學校，由總督府出資，日本在台灣是一直到一九四三年才正式實施六年國民義務教育。

西螺當時算是比較有錢的鄉鎮，當地的士紳有捐款成立公學校，目前有些成立於日治時代的國民小學，校園內仍然可以看到這種捐款修建學校的紀念碑。所以平凡也開始了他的小學學生生活，公學校的教學內容比較於小學校簡易，讓還不熟悉日本語的台灣人比較容易學習，但是此也讓台灣的小孩將來希望就讀高級學校時的考試輸給日本小孩而不易進入。

平凡早上到公學校就讀，下午回家幫忙務農，程金德另外有一個哥哥，很早就因為牽牛車賺錢，成家搬到油車去幫忙岳父耕作，當時牽牛車幫忙運送物品是相當賺錢的行業。

聽程金德的父親說另外還有一個姊姊和哥哥，很早就夭折了，程金德只有一個妹妹，很早就嫁去埔心，所以家裡的四分農地都要靠程金德的父母親和媳婦王氏幫忙，王氏主要負責煮飯帶小孩和送飯到農地，當時飲食少油少肉多青菜地瓜飯，因為米也很貴，只有地瓜和地瓜葉最便宜，幾乎每一家都有種。

農夫一天是要吃五餐才有力氣耕作的，所以王氏也是非常忙，平凡去年就開始幫忙送飯到農地，現在必須在中午拿飯到農地去，順便幫忙祖父母務農的雜活，直到黃昏才能休息。因為讀的書相當簡單，都是一些日常用語、習字和算數，回家也不需要作太多的複習，算是很輕鬆的學習生活。

當時平地務農的人家兒童去學校讀書的仍然不多，原住民的兒童就學率遠高於平地人，因為日本人為了加強理番事業，使原住民能歸順日本政府，當時設置的番人公學和番童教育所，都是由官方出資免費入學，所以原住民的兒童的就學率遠高於平地漢人。

就以西螺當時的就學率還是遠低於原住民小朋友，只是西螺當時盛產稻米，只要農民經濟許可的都會讓子弟就學，平凡晚上吃完飯後，就趁大人都在忙或者聊天時，偷偷溜出去和附近的小朋友還有新認識的同學玩。

新同學來自西螺地區的四面八方，其中有兩個比較要好的同學，一位叫做謝銀川，一位叫做廖炳煥，謝銀川住在小茄苳，廖炳煥住在大茄苳。廖炳煥去年開始和七崁的振興社學習拳打武術，目前打起拳來也是虎虎生風，他最崇拜的是廖琛的武術，振興社是由創始人劉明善所創立的。

劉明善是福建詔安人，曾習少林武術，於一八二八年隻身來台，輾轉落腳於表親小茄苳處，在其表親和村民要求下成立振興社，教授村民武術以防盜賊打家劫舍保護家園。謝銀川雖然住在小茄苳，但是對於武術並不熱衷，只是偶爾跟著大人打打拳玩，平凡跟著他們玩的時候會學學他們打拳的架勢，吸氣、吐氣出拳、踢腳，倒也頗有幾分架勢，不過小孩子能夠到處去玩新奇有趣的東西才是他們喜歡的，至於學校的課業回家再說吧。

第四章　孩子王

平凡和兩位同學除了就學在一起上課外，其他時間也會相約到甘蔗園碰面，當時日治時代男女同學是分開上課的，所以一班最多也只有十來個，如果是農忙的時候，可能都不會有人來上課，有一些農家根本不讓小孩子讀書，覺得是浪費錢。

平凡的學校男生一班，女生一班，同班男同學也不過十來人左右，男生只會和男生玩，男女授受不親，平常下課男生就玩在一起。只不過因為年齡差異，同班中有較年長的、晚來讀的才會有一些隔閡，有時候不想玩在一起，平凡自然而然的和同年紀的廖炳煥與謝銀川比較要好，不過要約在什麼時候、那裡去玩，都是平凡出的主意，無形中變成他們的領頭。

夏天有時候跑到濁水溪底去玩，累了還偷拔西瓜來解渴，當時的濁水溪底兩岸的沙質地很適合種植西瓜，種出的西瓜又大又甜，在沒有冷氣、冰箱的時代，是夏天最消暑的水果，在臺灣非常的有名氣，即使到現在仍然有少量種植。

那時候濁水溪的溪底是沒有一般的木橋連接，到彰化的溪州一般需要靠竹筏擺渡來往，要到一九三七年，才開始興建濁水溪大橋，也是現在的西螺大橋。平凡三人有時候會到田裡抓泥鰍、鯽魚、鱔魚、土虱、鮕呆等魚類，到一旁圳溝邊烤來吃。當時稻田幾乎不用農藥，所以水稻田中魚類、田螺還有眾多蝦蟹，可以說手到擒來。弄髒的衣服就跳到水圳中清洗，順便玩水，夏季的西螺天氣炎熱，弄濕的衣、褲子一下子就乾了，回到家裡完全看不出來。

不過到田裡抓魚有季節性，收割完畢成為旱田就無法抓魚，這時候跑到玉蜀黍田中吃玉蜀黍也是不錯的選擇，再不然還有甘蔗園中的甘蔗，更是容易吃的滿足的事，雖然地瓜田到處都是，隨便都可以挖來烤著吃，但是家家戶戶每天都吃地瓜，所以沒有人會想吃地瓜。為什麼都是在講吃的玩法？因為少年男女正在茁壯長大，在家吃地瓜飯，玩一下子肚子就餓了，又沒有錢吃零食，只好自己想辦法偷吃，又覺得刺激好玩。

當然男孩子玩打打殺殺的遊戲一定是少不了，釣青蛙、灌蟋蟀也是有，不過不常玩。最刺激的遊戲仍然是偷偷地溜進米倉庫，東跳跳、西跳跳玩捉鬼的遊戲，一方面玩，另一方面要注意有沒有管理員進來，趕快躲起來，這樣玩可以說是又緊張又刺激，到喉嚨的口水都忘記吞下去，不過這樣玩還是偶爾為之。

有時候會跑到醬油工廠玩，那時候大同路有陳源和與延平路的圓莊，除此之外還有一家瑞春醬油，這個老闆是提到馬路上來賣的。西螺當時醬油就已經很有名，因為濁水溪的水質和西螺的氣候適合種米，而成為天皇的御用米，連帶著所釀造出來的醬油也是甘甜可口，完全是天然成份，沒有任何化學添加物，只是因為通路的問題，而很難賣到西螺以外的城市。

平凡和同學偶爾會溜進醬油工廠去看工人釀造醬油，聞聞陶甕中的醬油氣味，醬油隨著時日發酵氣味有所不同，有時候很臭，有時候還滿香的，也許工人聞久了，都不覺得臭還很香。

廣場中排列整齊半人高的陶甕還可以玩抓迷藏，只不過常常被工人吆喝趕走，原因是怕弄髒了陶甕中的醬油，也更怕不小心撞破了陶甕。他們幾個人這樣玩法，讓很多同學也覺得好玩，漸漸加入他們的行列，人數也越來越多參加。

不過人一多，就無法用偷溜的方式去各場所玩，只能偶爾為之，缺少了一點刺激感，倒是玩起打打殺殺的遊戲比較熱鬧、有趣，玩法也比較變化、多樣。以前沒有電視、玩具、物質缺乏的時代，小朋友反而更能接近大自然，從大自然中學習生活。

第五章　家中變故

一九三五年，台灣舉辦了第一次的世界博覽會，也是僅有的一次。平凡和同學在遊戲和作農事中長大，在十歲左右，平凡的祖父母相繼過世，主要的農作和家事就變成由平凡和媽媽王氏負責。

這時，平凡又相繼增加了一對弟妹，二妹叫月梅，二弟安坤，家中連平凡共有五個小孩，大妹月英八歲，要幫忙家事，大弟六歲安信，要幫忙送菜飯到田地。

農地的人手不足，大部分都要僱用請人耕作農事，平凡除了上課，其餘時間白天都要去田地幫忙，生活一下子變得非常忙碌，幾乎沒有遊憩的空間，和一般的莊稼人一樣，不時的去田地巡視，一大早上課前要先到稻田耕地探視，再到菜園施肥，如有成熟的瓜、菜也必須拔取拿回家，只有稻田收割完畢、國定假日或者過年才得以休息。

不過即使這樣，賣稻米的錢拿了之後，扣除秧苗、雇工的錢已經所剩無幾，大部分仍然需要靠程金德的薪水養家，在當時，這樣的生活已經算是不錯的中等家庭，平凡也漸漸成為家中重要的支柱。

平凡順利的從公學校畢業，程金德評量家中的狀況後，決定讓平凡去讀公學校附設的高等科，平凡也順利的讀完兩年的高等科畢業。不過平凡在讀高等科的時候，程金德的街坊鄰居和同事們都在耳語：程金德巴結日本人，想要當水利會的主管，幾乎天天在一起喝酒、聊天、應酬就是最好的證明。

事實上，是有一次程金德和主管同事一起喝酒時，當時的水利會西螺支廳主管宮尾邦太郎剛好來西螺巡視，晚上和水利會其他的日本人喝酒，喝到半醉脫口而出：程金德，你好好的作，將來你就是這裡的主管。

程金德的日本主管也曾經這樣對程金德說過，也許他們都想將來退休回去日本以後，把水利會的工作交給程金德，他們比較放心，所以不約而同的這樣說，這也是對於程金德工作上的肯定和鼓勵。

不過當時的台灣被日本統治也才四十年出頭，很多的老一輩仍然對於日本人很不以為然，尤其很多日本人把台灣人當成二等公民，更加令這些人不滿，要台灣人改姓，所以長者常會訓示家屬，要記住自己的祖先，不要當日本人的奴才，所以日本主管的好意對於程金德來說，就是一種無形的壓力，走在路上常被指指點點，鄰居們也會暗暗諷刺程金德想當日本人。

鄰居此舉說不定只是出於羨慕，或者出於妒忌，但是對於程金德來說，壓力就更大，程金德之後開始常常裝瘋賣傻，剛開始家人以為只是一時失常或者發酒瘋，不以為意，但是漸漸的越來越失常，常常自言自語，亂吼亂叫，還會拿木劍打王氏和小孩。正常的時候，家人帶他去收驚、求神、問事，用盡各種方法都無法醫治，最後也因為這樣，時常無法上班而請假。

失去這樣子的薪水收入，平凡就需要更加努力賺錢，這時候的家中人口又多了兩個小孩子，月梨和月春，總共七個小孩兩位大人，一家九口要吃飯上學，所以平凡從高等科畢業，必須要養活一家九口、王氏也只能努力催促平凡下田。

平凡這時受到生活的壓力，開始會責罵弟妹，變得不愛說話，個性變得沉默寡言，幸好這時候的麻竹筍價錢好，平凡每天早上都去自家的小片麻竹園挖竹筍去市場賣，維持家計，賣完後再到田地工作，這樣生活雖然辛苦，但是勉強過得去。

當時是一九四一年，平凡不只過是十五歲的青少年，從高等科畢業也才一年而已，對照現在，也只是國中剛畢業就必須開始承擔一家的生計，可想而知，生活的重擔壓得平凡喘不過氣來。

第六章　服日本兵役

一九四一年，太平洋戰爭爆發，美國正式參戰，國民政府也正式向日本宣戰，程金德也正式離職水利會的工作。平凡正常的每日，天未亮就起床去麻竹園挖竹筍，接著拿到市場去賣，賣完趕緊回到田地，工作全年無休。

此時平凡的大弟、大妹、二弟和二妹也在讀完書後到田地幫忙，次年，大妹高等科畢業後，家裡的人手也比較多了，平凡也想去找其他的工作來做，因為竹筍也不是每天都有，還要看時節氣候，家裡需要另外一份收入。有人說隔壁莊子有生產米粉的工廠，平凡跑過去看，並且要求老闆無薪水讓他做做看，試做不到一個月，平凡覺得這不是他喜歡的行業，就不再去了。

剛開始做的時候覺得很新鮮、很好玩，白米經過研磨、糅合、輾壓、裁製、蒸熟和烘乾就變成米粉，感覺新鮮好玩，但是不到兩星期，就覺得千篇一律索然無味，每天只有不停地重複做一樣的東西出來，那就是米粉。這樣忍耐作了一個月，就跟老闆辭職。

之後陸續有人介紹了幾個行業，但平凡都覺得不適合自己的個性，並沒有再去嘗試，程金德賦閒在家時，常又瘋癲亂性打罵王氏，也沒有辦法出去找事，有時候還會拿著木劍胡亂打人，王氏就要負起照顧的責任，平凡也要時常掛心爸爸會不會打媽媽。

一九四三年，有人介紹做豆腐的廠商要請學徒，平凡也跑去試試看，結果仍然覺得不適應，也是做了一個月就離開，這樣種種不同行業的嘗試始終不能適應。再次年，全台實施義務教育，平凡也已經是一個大人的樣子，長得約一百七十公分的中等身材，因為種田、挖筍子，有時候還會打打拳，使得兩手不知不覺變得孔武有力，蹲馬步下腰更是四平八穩。

日本政府在海外的殖民地皇民化運動也如火如荼的展開，十一月美、英、中三國舉行開羅會議，發表開羅公報，不過沒有人簽字。

次年，平凡被征召到國民道場，做為期一個月的民防編組和軍事教練，日軍於中途島海戰失利後，台灣幾乎天天有美軍猛烈的空襲，整個戰局反轉直下，日本對原住民招募高砂義勇隊和特別志願兵，此時，平凡也被挑選進入勤行報國青年隊，接受為期六個月有系統的軍事化教育。

那時候很多窮苦人家或者想當日本軍的人都去參加志願兵，當時台灣還是農業為主，無法真的賺到錢，當兵可以拿到不錯的薪餉，所以大家認為這樣比較容易可以賺到錢。平凡也在進入勤行報國青年隊六個月，即將結束的時候，去參加志願兵的報名。

在口試的前一晚，程金德又整晚發瘋拿著木劍要追著王氏打，平凡為了維護王氏，跟在後面想去奪下程金德的木劍。程金德平時看起來文弱，可是一旦發起瘋來卻孔武有力，抓都抓不住。

當晚，平凡撲到程金德前面，想抓住木劍，一下子就被程金德甩開，平凡還不死心再度撲上去，同樣被甩開，三人如同捉迷藏似的跑來跑去，這樣來回多次後，程金德和平凡都累壞了，程金德也才能安靜下來，乖乖的跑去睡覺。

不過這時天也差不多亮了，平凡也無法再去睡覺，只能去著裝梳洗準備吃早餐。這時候王氏也沒有去休息，早早去準備早餐，平凡提早到志願兵的試場等候，雖然還早，試場上也來了一些人，可能農村子弟大家都起的早。

整晚沒有睡又很累，還被程金德打了好幾下，連臉上都有被打到的痕跡。平凡等在旁邊無聊，開始哈欠連連，終於等到日本的應試官到來，輪到開始問平凡為什麼要去當志願兵到南洋時，平凡剛要回答忍不住又打了一個哈欠，日本的應試官馬上：馬鹿！一巴掌打下去說：一大早就這樣沒有精神，還要當什麼兵？看你的臉是不是還去打架？馬鹿！平凡立刻被趕出試場，就這樣無法到南洋當成志願兵，也結束了平凡的軍隊生活。

第七章　台灣光復

平凡沒有當上志願兵是一九四五年初的事，不過平凡的同學有兩人當上了志願兵，被徵調到海南島清剿游擊隊，配備有火砲機槍。作了陸戰隊，之後再也沒有回來。

事實上外界二次世界大戰正在各個國家如火如荼的展開，日本在南洋群島、印尼和菲律賓作戰都屢嚐敗績，這一年，臺灣也被美國的飛機投彈炸得面目全非，即使西螺這個小鄉鎮也一樣，人民幾乎每天都要在如雷似的空襲警報聲音下，拚命奔跑躲到防空洞中，大人、小孩無一例外。

五月的婆羅洲戰役，日本失利，臺灣的拓南工業戰士死亡的超過三百人。此後，更多臺灣的年輕人以軍屬的名義，陸續被徵召到各地配合日軍打仗，大多一去不返，平凡也幸好沒有當成志願兵，否則也是凶多吉少。

八月六日上午八時十五分，美國陸軍航空軍在日本廣島市投下原子彈，原子彈造成廣島市超過十萬居民死亡。這也是人類歷史上第一場核武器空襲行動，廣島市遭到毀滅性破壞。美國在三天後，再度對日本九州的長崎市進行原子彈轟炸，這一次死亡者據戰後估計，約為十四萬九千人。

這兩次的轟炸威嚇效果，使得日本天皇於九天後的八月十五日宣布無條件投降，也結束了日本在臺灣的統治，臺灣重新回歸國民政府，也結束了每天奔跑於防空洞的臺灣百姓生活，人們終於可以回到正常的生活。

只受日本教育的平凡，也在重新思考將來要怎麼辦？此時的臺灣是物資缺乏，日本為了戰爭勝利，搜括民間的一切金屬物資包括金、銀、銅、鐵、錫和鋅，日本戰敗後，日本人開始從臺灣撤退，日本人所管理的一切公營，例如：自來水廠、發電廠、水利局、戶政、民政、各公營製造業務，包括製糖場、木材場、製茶場、煙、酒工廠和民營場所、店面業務也開始移交給臺灣人，日本人除了隨身行李，最多只能帶一千日圓回國，所有的不動產、營業商店通通轉交給臺灣人，還有像是在台大醫院的日本教授也都返回日本，把醫院留給臺灣的醫生管理。

話說回來務農的西螺，日本人撤退留下的只是戶政公所、電力和水利會等單位，平凡在想，如果父親程金德繼續在水利會上班，水利會不就是由父親在管理，等於西螺全部的水田，不管私人的或是公家的，全數由父親掌理，自己喜歡那塊地就自己改名字，那時候會是怎麼樣？

說也很奇怪，程金德在日本人宣布投降準備撤退回去日本的時候，瘋癲的病就自己好了，但是他也將近四十歲，本來就無法做粗活的他，也無法再去找到輕鬆的工作，也不想再去找工作，只能在家裡作一些雜事，偶爾到田裡幫忙少許小活，或是到竹筍園看看，在家裡喊東喊西的，心情不好就打妻子、小孩出氣。這樣讓王氏更加生氣，夫妻時常吵架，到底程金德是不是真的瘋子？沒有人知道。

平凡想回到現實來看，當時的西螺只有幾間的簡單的雜貨店，不像大城市有一些工業生產家庭日用品，一般民間人士只能務農，平凡除了之前作過的工作以外，也找不到更好的事情作，被日本人拆金屬到剩下兩家的輾米廠，也不是平凡所喜歡的工作，一時之間無法找到理想的工作。

十月，陳儀代表國民政府來接受日本投降，並且把十月二十五日訂為臺灣光復節，此時有人高興國民政府的來到，希望以後生活會更好，也有人看到從大陸來的國民軍人穿著破爛，帶著生鏽的鍋、碗行走在街上，實在不堪入目、大失所望。對於西螺的這個小鎮來說，並沒有特別高興或不高興，對於平凡來說更是沒有別的要求，只是希望能盡快找到工作。

第八章　北上工作

二次世界大戰結束了，人們不用在猛烈炮火的轟炸下去躲防空洞，也終於可以過著正常的生活。

一九四六年來到，家家戶戶歡樂喜迎新年，農曆過年初二的時候，王氏一早帶著平凡連同他的妹妹們回娘家，那時候王氏又懷孕五個月了，程金德不想去，獨自留在家裡，安信和安坤去找朋友玩。

王氏的娘家在西螺鎮最熱鬧的延平路上，屋子很深，屋前屋後約有七、八十公尺，連接到後面的巷弄，靠延平馬路邊的租給別人開雜貨店。再來是三個房間，再來屋子中間有天井，挖出一個水井供應大家取水，連接天井。再來有一個客廳，客廳後面是三個房間，再來是飯廳、廚房、後院。

王家兩老在數年前相繼過逝，只剩長男住在此地，王家雖然說不上是首富，但也是相當有名望的家族，除了王氏以外，眾姊妹都嫁給經商家境都是不錯的人，五姐妹在初二這天又歡喜團聚圍在飯桌旁，大家輪流敘述著夫家的種種生活狀況，一邊幫忙廚房遞飯菜，不過大都說好不說壞。

平凡的三位姨丈和王家唯一的長男，也在飯後坐在客廳，一起說說經營事業的經驗，聊聊互相的甘苦。平凡雖然不懂，也湊上去聽。話說回來，這次回娘家有三位阿姨，回娘家都沒有帶子女回來，只有五阿姨嫁到嘉義，抱一個最小的孩子回來，其他的阿姨可能都長大或者住比較遠，最遠的在台北，昨天晚上坐夜車很早就到，也就是四阿姨。大阿姨很早就嫁給西螺知名姓李的有錢人，擁有千畝的田地，二阿姨也是早早嫁到延平後街的有錢人家，因此平凡沒有說話的對象，只好去聽聽大人的高見。

就在四位大男生聊得興高采烈的時候，平凡也跟著大家傻笑當中，談話中的四姨丈忽然轉頭看平凡，說：你有在找工作嗎？

平凡回答：還在繼續找當中。

四姨丈說：你希望找什麼樣的工作？

我也不知道，只是這邊找了一些工作都不是很合意，還在繼續找。沉默寡言的平凡這樣回答。

四姨丈說：你要不要到台北我的工廠學學做生意？

四姨丈忽然這樣一問，平凡一時間不知如何回答，雖然很想立刻回答說：願意，但是……不待平凡回答，四姨丈又說：只提供吃和睡，沒有薪水，等到你可以為工廠賺錢的時候，才有薪水。

以當時的環境，學徒是沒有薪水的，所以平凡所考慮、擔憂、緊張又興奮的不是薪水的問題，平凡想了一下，摸摸頭髮用顫抖的語氣說：我想要去，但是我先要問問我媽媽再回答您。

立刻跑到後院飯廳，對正在和姊妹聊天的王氏細聲問：媽、四姨丈要我到他台北的工廠學做生意，好嗎？

王氏聽了呆了一下，看一看四妹才回過神來說：既然是四姨丈的工廠，那就好，你是我們家的長子，要負責我們全家的生計，你要好好努力學習、賺錢知道嗎？

那時候王氏已經不對程金德抱著任何希望了，她把所有的希望全部寄放在平凡身上，常常說：平凡是出世來養我們的。所以平凡平常一直感覺壓力很重，表現更加的沉默寡言。

四阿姨坐在王氏旁邊聽到了，說：你姨丈既然說了，你就到台北好好學習，有問題、不會的要多問，碰到困難可以來找我，萬事要多加忍耐。

平凡知道四姨丈也是去經商，台北創業沒有幾年，也很不容易，萬事都要靠自己，四阿姨只是客套話，萬事多忍耐才是重點。

平凡去台北，家中少了一個吃飯的人是好事，不過務農、賣菜的事情，要由弟妹們承擔下來，應該也不是問題，擔心的是爸爸會不會又舊病復發，又再發瘋毆打又再懷孕的媽媽，擔心台北的人生地不熟如何過活，身上沒有半毛錢……總之去了再說，平凡暗自打算著。

元宵節過了之後，平凡就出發前往台北，身上只有帶著隨身衣褲和一張往台北遊覽車的車票，到台北需要七、八個鐘頭，連半路吃飯的錢也沒有。

這一年三月，大弟安信為了不增加家族的負擔，加入國民黨革命軍六二軍，跑去大陸和共產黨打仗，打輸了之後和一些人投共，又被共產黨派去打韓戰，打敗了，被聯合國軍隊俘虜，關了兩年不敢回大陸，變成韓戰義士遣送回來台灣，擁有榮民證的身分。

第九章　工廠見習

平凡坐夜車到了台北車站之後，沿途問路人用走的，花了將近一個多小時才到達位於現在的萬華後火車站，由後火車站再過去幾百公尺靠近汕頭街，四姨丈的工廠。四姨丈表示熱烈的歡迎，因為已經超過工廠用早餐的時間，只能等中餐再吃，平凡就被帶到宿舍放行李，宿舍就在工廠裡面臨時的工寮，經過簡單的了解工廠作息、吃飯時間以後，平凡就在工廠看工人作業。

工廠和辦公室都是木造的，四姨丈的工廠是生產各種玻璃器皿，工廠不大，約兩、三百坪左右，加上辦公室停車場、倉庫約五、六百坪。

工廠是一個開放空間，工廠中間放有一個圓形玻璃窯，正轟轟的燃燒著千度的熱火。玻璃窯開有四個孔，放著玻璃甕，工人拿著長鐵管伸入甕中，沾黏捲出似岩漿熔融的玻璃。然後將此熔融的玻璃原料，擺放在玻璃窯四周的機器裡的模子上面，熔融的玻璃原料會垂流下來，顧模子機器的工人再把熔融的玻璃原料用剪刀剪取，剩下的鐵管再重新回去捲出熔融的玻璃原料。

顧模子機器的工人把公、母模子閉合起來，等塑形完畢再打開模子，取出已經塑形，仍舊火熱的玻璃器皿，交給旁邊的女工送到退火爐去慢慢冷卻。每一個捲取熔融的玻璃原料工人負責輸送給兩台機器，退火爐就在工廠的左邊，長長的，擺放很多剛塑成的玻璃瓶子、杯子和盤子，有用一點煤炭燒著保持溫度，不能降溫太快，防止破裂。

配製玻璃原料的地方就在工廠後方，有用鐵絲網圍起來，防止人隨意去拿，工廠右邊擺放很多一包包的玻璃沙石原料，玻璃窯建有一個地下道，工人可以從這裡把煤炭放入窯中，保持窯的溫度在一千兩百度上下，有一個工人正不停的從外面用台車運煤炭到窯邊倒入地道中。

整個工廠就像一個大火爐，雖然現在是冬天，每個人不管是男工、女工都一樣還是汗流浹背，尤其靠近玻璃窯捲取玻璃原料的工人，整個人臉孔燙的紅通通的，雖然有大電扇吹著風還是一樣，好像快要烤熟。

捲取玻璃原料的工人是一個技術，不能捲取太多或太少，拿剪刀的工人也是需要技術，不能剪太多或太少，否則玻璃器皿會不足破損，或者太厚重外流出無法成型。整個原料間的原料煙霧瀰漫，一部分還會飛散到外面的空氣中，可能有的原料太輕了，會飄浮在空氣中，整個工廠的作業環境不是很好。

平凡站在模子機器的工人旁邊看了一下作業，已經汗水直流，衣服褲子完全濕透，趕快跑到走道旁邊，有一個大水壺喝水解渴。

到了晚上，四姨丈給平凡接風，請平凡到家裡吃飯，四姨丈問起平凡，感覺工廠如何？平凡說：第一次看到，感覺很新奇，一些砂石放到火裡燒就可以變成玻璃出來，還會顯現不同的顏色。

四阿姨說：這些可不簡單，不同的溫度和不同的玻璃原料可以變化成幾千、幾萬種顏色，你要用心學習。

四姨丈說：玻璃的厚度、含不同的金屬量也都會影響玻璃的韌度、透光度和硬度等等，等你一個月後對於玻璃了解差不多了，我再帶你去外面跑業務看看。

平凡聽到了四阿姨和四姨丈的話，整個眼睛都亮起來，說：謝謝四姨丈、阿姨，那就請你們等我一個月，我一定努力學習。

平凡接下來努力學習製作玻璃的技巧，第一星期學習捲動鐵管取玻璃原料，平凡是趁著工人下班時間練習，四姨丈又有指派一個師傅幫忙，玻璃鐵管很燙又要捲動，雖然戴著兩層手套，不到一小時雙手手掌就起泡。

平凡是種田的莊稼手掌，本來就有厚繭，但是還是不敵火燙，但是平凡不論如何，還是硬著頭皮練習捲取玻璃兩個小時，才帶著滿手的傷痕去休息，起泡的手掌只用針戳破再塗紅藥水，晚上雙手抽痛又很累時睡時醒。

第二天下班的時候，平凡把兩隻手掌用布包起來，連手指也纏著布條，再戴上手套之後再度練習，雖然手掌很痛，還是勉強的練習了兩個小時，並且把重點放在捲起玻璃熔岩的量是否剛好，即使如此保護手掌仍然起泡。

這樣每天雙手疼痛練習了兩個小時，平凡不敢向四姨丈叫苦也不敢放棄，因為他不想在四姨丈前面漏氣，壞了四姨丈的臉，而且他也知道已經無從選擇。一星期之後，總算稍微有一點心得，雖然離師傅還有很長的距離，但是總算踏出第一步。

第二星期，開始練習剪玻璃原料，剪熔岩玻璃原料需要又快又準，沒有第二次的機會，否則會浪費大家的時間，又要從模具中拿出來更是麻煩，只是不需要在窯口忍受高溫。但是拿剪刀剪熔岩還是因為太靠近了，熔岩會燙傷手指起泡，只是起泡的地方是拇指和食指之間的虎口，手拿剪刀用力的地方。

第三星期是練習配玻璃原料，玻璃配方是不清楚，只是了解這個工作流程，普通玻璃的成份主要是二氧化矽，就是石英、砂，加上碳酸鈉、氧化鈣和碳酸鉀，再依照不同的屬性要求加上金屬氧化物。四姨丈通常會親自配幾種之後再叫工人作，氧化矽需要先過濾篩過，把雜質篩選出來丟掉，因為雜質會使玻璃顏色變化或起泡，每一種成份如果不對就會使得玻璃的溶點降低或升高無法塑成，顏色變樣。

配製玻璃是需要用力和用心的工作，用人工篩沙本來就很需要力氣，工作環境又都是煙霧，越高品質的沙越是輕，雖然戴著口罩仍然不舒服，每天下班休息時除了腰酸背痛兩手臂也酸痛無力，喉嚨、鼻腔都是沙粉。

第四星期是了解、照顧窯火，窯火必須終年不斷的保持一定的溫度，如果下降到一定的溫度窯子就壞死，必須要讓它冷卻拆掉重作。從開始造窯到升火，一千二百度完成需要半個月，造窯可以讓窯火升到一千度以上，是一種技術，有各式各樣的形態，可以放下四甕到八甕，當然還有自動機器，不在此討論。平凡目前所要作的就是控制窯火到一定的溫度，因為能力還是有限，只能固定的添加煤炭保持溫度。

到了一個月，四姨丈問平凡要不要去跑業務？此時平凡猶豫不決起來，因為不知不覺，他已經可以適應工廠的工作環境，以他目前的口才和不喜歡講話的個性，不需要跑業務去和客戶談話才是他要的，但是四姨丈的好意他也是了解的，平凡對四姨丈說：可以讓我再想想看嗎？此時四姨丈已經看出平凡好像比較喜歡工廠的事情，就回答：好的，一個月之後你再來告訴我。

第十章　異性初邂逅

一個月很快的又過去，平凡仍然無法給四姨丈明確的回答，再一個月又過去四姨丈來催促，結果平凡還是無法給予正確的說法。

此時的四姨丈，大致已經了解平凡的意向，但是他仍然不想對平凡下結論，而是希望平凡自己可以了解自己，所以四姨丈繼續一個月又一個月的等待，直到一年之後，平凡對工廠的作業已經十分了解，才對四姨丈說：我想在工廠內做事精進，學習更多的技術，謝謝您的耐心等待。

四姨丈說：那也好，在工廠裡面一樣可以學到很多東西，國外的玻璃已經很進步了，而我們才剛剛開始，你要多讀書。還有四姨丈說：你明天開始，工作支薪就從副操作工人基本薪水領起。

工作了一年之後，平凡總算可以開始領薪水了，雖然不多，但也是錢，在領第一次薪水，就幾乎把所有的錢都寄回西螺老家，只剩下買一套內衣褲的錢，因為內衣褲自從到台北之後完全沒有更新過，每天換洗已經破舊不堪，即使如此，他還是只買一套換穿而已。

他每天努力學習技術，當時還是有很深的學徒觀念，新人至少需要三年六個月才能出師獨當一面，不管你自己覺得已經會了，你還只是學徒，不能領師傅的薪水。

次年，也就是一九四七年，爆發二二八事件，加深本省人和外省人的鴻溝。一九四九年，國民政府因為把錢拿去大陸打仗，錢不夠用，拚命的印鈔票造成通貨膨脹，所以實施舊臺幣四萬圓換一圓新臺幣。那一年也實施了三七五減租、耕者有其田政策。六月，國民黨公告實施懲治叛亂條例，十二月，國民政府撤退來台，帶來一百萬軍民。

一九五〇年元宵節，平凡也總算度過了三年的學徒生活，以後開始升級為師傅，但是因為換成新臺幣，一天也只有十二圓薪水。不過薪水的事情平凡從來不去談，都是四姨丈說了就算，雖然錢不多，但是平凡一樣幾乎都把全數錢寄回去西螺老家，這時候程家又添了末男安長和末女月圓兩位弟、妹。

平凡在工廠上班，並沒有特意讓員工知道他和老闆的親戚關係，甚至於還儘量避免接觸四姨丈，平凡也很不喜歡人家說：他利用關係如何……如何……。所以平凡上、下班和一般的工人一樣，大家只知道他是從西螺來上班打工的小伙子。

有一天，平凡洗完澡後，把換洗的髒衣服放在浴室外，一般平凡會順便在浴室外的洗手台洗髒衣服，這天剛好被四姨丈臨時叫去問配玻璃原料的事，目前工廠有需要配特殊玻璃顏色的時候，四姨丈會特別交代平凡去配。

浴室是男女分開，中間只隔了一道牆，今天平凡把換洗的內衣褲、工作服就放在洗手台邊，但是回來後卻發現這些內衣褲、工作服不見了，平凡急得四處尋找，卻發現衣服已經被晾到曬衣服的竿子上，正在四處張望是怎麼一回事，此時有一個叫做李春美年輕的女工靦腆的走到平凡的身旁說：你的衣服我順便幫你洗了。

李春美身材健美，面貌姣好，約有一百六十公分高，是台北市城中區的人，大方健談，不過沒有讀什麼書。

停了一下李春美又說：我們認識很久了，不過沒有機會講到幾句話，看到你把髒衣服放在這裡，人就跑掉了，好像很忙的樣子，我要洗衣服就順便幫你洗，你不用介意。

李春美這個女生平凡是認識的，在工作上偶爾會碰到，只說簡單的請或謝謝，再來就沒有了。只有下班的時候，遠遠看到她和一些同事說笑、聊天，她有時候還會抬起頭來看一下平凡，在那個男女授受不親的年代，平凡又是遠從西螺鄉下來的年輕人，更是不敢隨便越雷池一步，只能遠觀而已。

但是萬萬沒想到她會有此動作，聽到她的說話，一時嚇得臉紅脖子粗，不知如何回答。平凡好半天才擠出一句：謝謝妳。

李春美擠擠眼笑著走開了，回到正在看著這邊的同伴中，又嘻嘻哈哈鬧成一團。此後工作上有碰到平凡，就會輕輕的說一句話例如：你好、嗨，嘿等等……。以不會讓他人聽到為原則，不過工廠模具的機器馬達聲、放在地上大電風扇的葉片轉運聲、窯子加熱吹風機的轟轟聲，事實上平凡根本聽不清楚，只能微笑表示知道。

第十一章　工廠搬遷

萬華後火車站一帶以前也稱之為捆工町，龍蛇複雜，三教九流，各式各樣的人都有，人們為了生存不擇手段，流氓、匪徒也特別多，平凡在工廠附近經常可以看到警匪追逐，有時候匪徒還跑到工廠附近的豆腐工廠躲藏，被警察包圍用竹竿敲打，最後不得已只好棄械投降被抓起來。

自從二二八事件後，各地方不時有衝突，有時候也不知道警察抓的是犯下了什麼法的人，有時候覺得世道很不平靜，平凡因為平常偶爾打打拳鍛鍊身體，外邊的人總覺得平凡是一個練家子，因為平凡練拳虎虎生風，又有幾分蠻力，所以工廠內的工人、外面的混混也都不會去招惹他，大家稱呼他叫：凡仔兄，而且對於平凡的說話也能尊重。這大概是平時平凡的話不多，又總是站在正義的一方，而且和老闆的關係也很好，老闆也似乎很在乎或者聽平凡的話，種種因素加起來才有的感覺。

六月韓戰爆發，杜魯門宣布台灣海峽中立化，這個月的某一天，深夜工廠木造的辦公室忽然間起火，火勢一發不可收拾，一下子整棟辦公室完全陷入火海，火也很快地延燒到工廠內，掉落的屋頂把工廠的窯也破壞掉了，雖然隨時都備有消防水，但是碰到平常已經被烤得很乾的木頭，乾柴烈火，不到一晚上整個工廠就燒乾淨了。

平凡和眾人雖然也努力幫忙灌救，但是仍然徒勞無功，幸好平凡也沒有什麼家當，就是幾件衣物和包裹都有帶出來，大清晨也不知如何是好，還好火勢並沒有燒到車子，四姨丈把眾人先安頓到停車場，並要平凡拆掉卡車上的帆布搭蓋在停車場上，這樣有了帆布避免大家雨淋日曬。

幸好此次火災並沒有人員傷亡，火災發生的原因也不明，事後檢討的時候四姨丈說：可能和二二八事件本省人和外省人的說話誤會有關。不過工廠也是短期內開不成了，還好模具都還可以用，只是機器壞了，四阿姨和眷屬也暫時回去西螺，只剩下平凡和另外兩位從新竹來的工人，仍然在等老闆的指示。

這兩位工人叫做陳漢榮另外一位叫做林長模，陳漢榮也是當初幫助平凡練習剪刀和玻璃甕口捲取原料的技術的師傅，其餘的工人都陸續離職，包括李春美在內，李春美雖然依依不捨，但是又無奈的離去。離去的那天，李春美雖然想對平凡說些什麼，最後仍然沒有說出來，就悻悻然的走了，走了還不忘回頭再看平凡一眼，這是火災三天後的事。

第四天傍晚，四姨丈跑來問平凡三人，願不願意和他到苗栗的工廠去工作，平凡三人都異口同聲的說願意，隔天，老闆親自開車載大家連同模具到苗栗的工廠。

工廠位置介於苗栗火車站和苗栗市區的中間的北苗，一個原來在生產玻璃瓶的製造工廠，工廠裡面有兩個窯，各有六個甕，四姨丈的工廠是向他們租了其中四個甕來暫時生產給客戶，模子機具也是向玻璃瓶的製造工廠租的，同時也在當地找了操作工人，把模具裝到機具就可以生產，平凡和其他兩位新竹的工人就借住在隔壁以前日本人的岡株式會社的宿舍。

同時，平凡的薪水也加到了十五圓一天，平凡也就是說已經是成為師傅的技術工人，平凡在苗栗安定後，聽說李春美有一次跑來偷看平凡的工作狀態，之後就黯然離開。這一年，平凡最小的弟弟安長得了腦膜炎，精神狀態變成的很糟糕，有些癡呆症，安長雖然還小，但是行為有異於同齡兒童，需要王氏特別照顧，那些年台灣正在腦膜炎大流行，很多家庭的小孩都得到腦膜炎，腦膜炎在當時是一種無藥可醫的疾病，也還沒有疫苗的誕生，此事對於平凡來說又是一種無形壓力。

第十二章　相親

隔年一九五一年，平凡在苗栗一年後接到王氏的訊息，要他回去相親，此時平凡已經二十六歲了，在當時的時空算是晚婚了。

平凡選了一個七月份的假日回去西螺，女方姓林也是西螺當地的望族，住家正在延平路的東市場對面。

延平店面本來是輾米廠，後來日本政府打仗後期，缺少金屬製造飛機、砲彈，所以把銅、鐵、鋅和鋁的金屬全部拆下，以至於無法營業，日久不運轉機具老破，所以台灣光復後也無法生產，現在工廠機具全部拆掉。因為面對馬路很寬，所以隔成兩間，一邊改開雜貨店，一邊賣掉，店後面才是住家，格局和王氏的娘家差不多。

相親的對象是林家的長女月雲，林家本來沒有分家，所以林月雲是和父母、姨婆、姑婆，叔公、伯公和他們的子女，也就是所有堂兄弟、姊妹共同居住在一起，熱鬧滾滾，大家的感情很好。

因為林家以前很有錢，需要比較多的人力，但是子弟都不是生意人，不會經營事業，在溪頭原本有一座山，但是不善於墾地，最後賠錢賣掉，月雲的祖父也因此鬱鬱寡歡病逝，祖母於病逝前開始分家，分家完畢祖母也過世。

月雲的父親原本是林家的長工，因為長的斯文所以入贅到林家，月雲的母親也是林家的長女，月雲和平凡也是長女和長男。

當時雖然民風已經較為開放，但是相親感覺仍然很正式，雙方的家長、長輩或是兄弟、姐妹都會列席的，因為天氣很熱，相親選在西螺的一家冰果室，雙方的家長並各帶一位弟妹出席，還有媒人廖大嫂。

冰果室太小，所以不能有太多人在裡面，不過雙方的家庭個別的兄弟姐妹還有長輩們卻偷偷的圍在冰果室門口邊，品頭論足，準備看熱鬧，月雲的伯父、姨婆、叔公也都圍過來看了。

平凡穿了剛買僅有的白襯衫和和西裝褲和唯一的皮鞋，在王氏、程金德和月英的陪伴下來到冰果室，安坤在家裡看顧得了腦膜炎後有一點智能低下的安長，平凡的其他弟妹有空的也跑來看，把小小的冰果室外面圍得密不透風。

月雲在雙親和妹妹月昭的陪伴下來到冰果室，月雲中等身材，面貌姣好，一看就知道是頭腦聰慧的女子，穿了當時最時髦的紗布質長裙，上衣前開紐扣小白領、短袖，繫了一條棕色細皮腰帶，全身深紅色細花卉班點粉紅底色連身的套裝，腳底穿剛買的白色短襪和皮革平底涼鞋，頭髮為像似比較長的賀本髮型，還用粉紅色紗布綁在頭髮上。

廖大嫂是林家的鄰居，同時和王氏以前也是賣菜時的舊識，剛好兩家同時各有適婚的男女，所以牽線擔任媒人，雙方到齊，主人簡單的互相介紹寒暄，點餐後媒再介紹男主角一次：平凡是在台北的一家玻璃工廠上班，工作穩定，月雲是望族林家長女，漂亮、穩重而且聰明，這些之前已經和雙方家長講過了，現在男主角和女主角也都見面了，有什麼問題都可以提出來討論。

雙方的家庭互相看了一下，月雲的父親說：我們月雲以後就拜託你們照顧，她有什麼不懂的地方麻煩你們多教導。媒人廖大嫂說：這一段時間就讓他們倆人先互相認識和了解一下，年底訂婚明年再結婚不知道如何？程金德看了一下妻子王氏說：我們就先這樣決定好了，至於時間和訂婚需要的東西再請廖大嫂溝通了解。

直到現在這個時間點男女主角都還沒有互相說到話，月雲甚至連平凡長的什麼樣子也看不清楚，只有無意識的看著桌面自己點的四果冰，頭也不敢抬起來看看，耳朵聽的也不知道大家是講什麼話，腦筋呈現出一片空白，也不知道在想什麼，心裡只有出現幾個問號：無緣無故的就要嫁給這個人，這個人可靠嗎？在台北工作會不會生活很亂？會不會抽煙、喝酒、賭博，可能還有女……人？我的命運會是如何？將來如何和公、婆相處？一大堆的問號。

就在這時候耳朵聽到：就這樣決定了。大家都站起來點頭離開，月雲也跟著站起來走，甚至於忘記跟男方家人告別，頭也不回的走了，回到家還是不清楚平凡長的怎麼樣，也不知道這頓水果冰是誰請的。

第十三章　約會

在男女授受不親的年代，媒妁之言就可以結婚，牽了小手就非君不嫁，約會也是不容易，月雲回到家之後，越想越覺得需要了解長的平凡的樣子，就找了姊妹掏堂妹翠鑾和妹妹月昭，問平凡長的樣子，但是她們越敘述，月雲就越想看平凡長的長相，終於還是忍不住三人一起跑到平凡住家附近街角，等了一會兒，終於看到平凡和另外兩位男生從對面的街頭走過來。

月雲不知道那一個才是平凡，在兩位閨密的指引下終於看清楚平凡的長相，心中的大石頭總算安定下來，平凡身材中等長相斯文，還好！還好！

平凡回去上班後一星期，借用工廠的電話打給月雲，月雲的家雖然家道中落，但是因為以前做生意有一台手搖式的電話，直到現在仍然保留著，這時恰好方便平凡打電話聯。

平凡要打電話給未來的妻子仍然緊張萬分，而且也是生平第一次打電話，電話接通了以後，傳來一個男子的聲音：模西！模西！（日語）

平凡說：您好！請問月雲在嗎？

對方說：你是誰？語氣有一點凶。

平凡說：我是程平凡。

對方先是愣了一下忽然想到說：哦！原來是你，你等一下我去叫月雲。

平凡等了一下才聽到電話筒中傳來一個女子的聲音：喂！我是月雲。

平凡說：我是程平凡。

月雲說：你好！

平凡說：我想在下一個月的第二星期天休假回去妳可以出來見面好嗎？

月雲說：這個嗎！我不知道，也許應該可以。

平凡說：那很好！當天早上我會去找妳，我們再出去走走好嗎？

月雲說：到時候再說吧。

平凡說：好！再見！

很快的掛掉電話，平凡七上八下的心總算定下來，終於說完了緊張到不行的話。月雲靜靜的掛斷電話，心裡想我可以和他出去嗎？我要怎麼辦？心中一團混亂，最後心中終於有了主意。

平凡於約會的前一晚坐夜車回家，第二天吃完早餐就整裝來到月雲家，只看到月雲和兩位女伴已經等在那裡，另外還有兩位平凡的同學也在那裡等。

原來月雲不敢跟平凡單獨約會，所以找了閨蜜一起來參加，而且是在門口外面等，跟家人說是她們三人要出去買東西，平凡也是一樣不敢單獨和女生一起出來，所以也找了同學銀川和炳煥一起來參加，一路上也男、女分開走，各三個人走在一起，各說各話，只是偶爾瞄一下對方，第一次約出來，也無法到比較遠的地方，跑去看無聲電影也很怪，九月的天氣還是很熱，所以來到相親的冰果室，各自點了冰品。

之後平凡也不敢直接跟月雲講話，還是同學和同學，姐妹對姐妹各自聊天，也不敢問比較私人的問題，還好的是謝銀川和廖炳煥兩人都已經結婚，比較敢說一些男女之間結婚後的話，逗得大家哈哈大笑，不過絕對不敢說有色的話，當時的時空環境是不允許的，這樣總算有一些打開了尷尬的狀況，慢慢的氣氛也比較輕鬆。

廖炳煥在西螺開了一家武術館，謝銀川幫家裡務農，兩人生活上也算還過得去，她們三姐妹就針對在地人廖炳煥和謝銀川兩人的生活情形聊天，偶爾才轉問一下平凡日常的狀況，漸漸的六人的聊天也稍微融洽，不過平凡和月雲還是沒有多大的談話交集，但是至少對於彼此對方的談吐、氣質有一點初步的了解。

平凡和月雲都有看過彼此的父母親，所以也大略知道他們的個性，月雲唯一問平凡家人的問題是有幾個兄弟姐妹，很湊巧的是雙方都有九個兄弟姐妹，而且最後一個都是男生，也都有患過腦膜炎，不過月雲的兄弟已經走了一個，只剩下八人，還好有腦膜炎的弟弟症狀比較輕，只是比正常人稍微有一點弱智，平凡的弟弟症狀比較嚴重。

六個人吃完冰三位男生送三位女生回家，平凡的第一次的約會就這麼結束了。

第十四章　結婚

平凡在和月雲在訂婚前就沒有再約會過，所以在冰店的約會是僅有的一次約會，這樣的婚配在現在也許是不可思議，不過在當時男女授受不親的環境是很正常。

訂婚是定在當年的農曆九月，平凡按照習俗花了約兩百圓買了一些禮餅、禮品，再給女方八百圓作為新娘子的新婚嫁衣和飾物，訂婚完後平凡再約月雲出來約會一次是在農曆過年的時候，平凡作為女婿去拜訪月雲，順便去岳父家走春拜年，拜完年才知道月雲家的堂兄弟姐妹多到眼花撩亂。

月雲的大叔家有八位兄弟姐妹，大姑媽有五位兄弟姐妹，二叔有六位兄弟姐妹，還有更多的姨表兄弟姐妹，以前全部住在一起，今天剛好大部分的堂兄弟姐妹都回來，聲勢浩大，月雲介紹給平凡認識的時候，平凡叫到已經忘記誰是誰了，不過月雲對平凡說：以後慢慢會熟悉，因為以前大家都住在一起感情很好，所以之後我們應該還會常常往來，你久而久之就會認識了。

吃完中飯後，平凡要請月雲去看電影，因為以前月雲家的堂兄弟姐妹是按照歲數大小排序下來作為稱呼，例如：大姐、二哥、三妹。而不分是誰家的孩子，所以感情也特別好，分家之後雖然是還是偶爾會見面，但是終究沒有像以前一樣常常可以膩在一起玩，所以今日大家一見面就聊個不停吵吵鬧鬧，沒有時間理會還不熟悉的平凡。

平凡也覺得無聊，才想約月雲出去，雖然月雲也想和這些堂兄弟姐妹說說話，但是覺得還是和未來的先生出去一下比較好，月雲邀請了姐妹一起出去，結果沒有人願意，只好自己和平凡去看電影。

當時的電影是黑白，而且沒有聲音沒有字幕的，只有一個人在旁邊作旁白解釋劇情，類似說書人的角色，但是有影像可以看。月雲和平凡走路去看電影，走路的時候仍然兩人離得遠遠的，怕被認識的人看到。

電影院的椅子是並排好幾列長板凳給客人坐，沒有對號，因為是過年，看電影的客人相當多，月雲和平凡坐在同一條板凳，但是分坐兩邊，板凳中間給後來的一對老夫婦插坐上去，那個老先生還轉頭看了一下月雲和平凡兩個人，才坐下來。

月雲和平凡看完電影走出電影院，兩個人幾乎已經忘記電影在演什麼，本來平凡還要去吃冰，但是只有兩個人而已有一點尷尬，想想還是算了，兩個人仍然一前一後的走回月雲的家，這也是平凡在結婚前的最後一次約會，這也可能是平凡太忙，也可能是為了結婚前多省一點錢，因為即使結婚後，平凡仍然需要負擔整個大家庭的家計。

結婚是在年後農曆的三月舉行，月雲也沒有什麼嫁妝，只有一個二尺見方的多用途木頭新櫃子、一些個人的衣物、一把雨傘，就嫁到平凡位於透路尾的房子先住著。

婚後第二天，月雲和平凡回娘家，平凡把月雲娶回家的第三天，就先回到工廠上班，沒有去蜜月旅行，因為沒有錢也沒有時間，需要趕快布置房間。平凡以前是跟其他工人同事合住一間，現在必須搬到另外一間宿舍，幸好姨丈所承租的岡株式會社是以前日本人留下來的，還留有很多房間，由姨丈把它租下來，平凡就順利的解決了住宿的問題。

平凡於結婚十二天後，就把在西螺獨自伺候公婆的月雲接到苗栗的宿舍來住，平凡還是正常的上班、加班，初來到苗栗的月雲也沒有閒在家裡，雖然不懂工廠的作業程序，但是仍然和老闆商量，在工廠煮中餐給工人大家吃，每天也有壹圓的收入，還可以免費吃飯，雖然是僅僅只有壹塊錢，但是對於月雲來講是生平第一次憑自己的勞力賺到錢，第一次拿到薪水時內心是非常的雀躍，雖然是一起計算到平凡的薪水袋子中。

月雲住在透路尾三天，已經了解平凡的家庭狀況，現在的第一要務就是存錢、存錢、存錢、節省、節省、節省。

第十五章　生子

月雲結婚後三個月，身體不舒服，看了醫生確認為懷孕，之後開始所謂的懷孕病，常常會嘔吐，頭痛、沒有胃口吃不下飯，但是月雲仍然照常為工廠煮飯去賺取壹圓，日子過得很平凡但是也很滿足，而且平凡每天的早晚餐她也忍耐住不舒服照常洗衣煮飯，這樣直到預產期前一周才回到西螺透路尾待產，因為在宿舍生產有許多的不方便。

這樣在結婚的次年，月雲生下了長女，取名素定，名字是平凡的爸爸程金德取的，取其意希望將來這女子一直以來很安定，台語定的讀音又有硬朗的訴求，因為當時腦膜炎的流行病還在臺灣肆虐，大人都希望小孩能夠平安長大。

月雲在西螺坐月子不到一個月，平凡就回來帶著剛出生的女嬰和月雲又回到苗栗來工作賺錢，月雲一邊背著一個月大的女嬰一邊工作，還要不停的換尿片、洗尿布和餵奶。

平凡和月雲生活雖然辛苦卻也快樂，平凡平時的休閒活動就是看黑白電影，雖然走路到苗栗市區大人最少要二十分鐘，現在又多了一個小孩子會更久，但是平凡依然樂此不疲，有一次還是晚上下班的時候才去看電影，那時候正在演宮本武藏，是日本男影星三船敏郎主演的，結果看到太晚了，大人、小孩子都累了，只好坐三輪車回家。

這樣過了兩年，月雲又十月懷胎，準備回去西螺待產，這兩年全台灣掩蓋著抓匪諜的浪潮，保密防諜、反共抗俄的口號、標語到處可見，本省人和外省人不相信而互相攻擊的事件時有所聞，但是苗栗這邊的工廠卻顯得格外的寧靜，雖然二二八事件的時候苗栗也有不少人遇害傷亡，但是之後就沒有聽到有發生什麼事，平凡和月雲努力的賺錢過著平靜的生活。

平凡的第二個孩子是一個男孩在一九五五年出世，取名叫做銘茂，同樣的，銘茂在西螺出世後約一個月，小孩和月雲就被帶接送回苗栗，月雲開始一邊工作一邊帶兩個小嬰兒，雖然辛苦，但是平凡的姨丈又給平凡加薪，此外又多給月雲每天增加兩角。

因為工廠的人越來越多，平凡的姨丈生意是越來越好，平凡幾乎晚上也需要天天加班，所以月雲也必須更加自立自強，帶小孩、做家事和工作必須全部自己來，每天忙得沒有時間想其他的事。

但是過了將近半年之後，月雲的身體又開始極度的不舒服，頭痛、頭暈、噁心、吃不下飯，伴隨著失眠、腰酸背痛，給醫生檢查是懷孕了，月雲身體實在很難過，就把差不多兩歲，但是又非常調皮帶經常搗蛋的銘茂送回去西螺，請婆婆暫時照顧。

銘茂雖然還不大會說話，但是經常爬上爬下摔得鼻青臉腫一身傷，或是爬到櫃子上，把放在高處的香煙拿出來全部折斷，凡此種種不勝枚舉。但是銘茂摔傷了，哭一下臉蛋還有淚痕馬上又想爬出去玩，完全不在乎頭還在痛或是鼻子的血還沒有流乾，非常折磨大人。

平凡把程家的長孫送給媽媽王氏照顧，希望媽媽疼惜長孫而能不在乎銘茂的調皮，當然也希望銘茂會因在不同的環境下會乖一點，所以把比較乖巧的長女放在身邊照顧，而準備將來會在苗栗產下她的第三個小孩。

雖然孕子病的折磨讓月雲痛苦異常，但是她仍然每天準時上工，痛苦讓月雲感覺時間過得很慢，唯一值得高興的事是還可以賺錢，雖然只是一點小錢，就這樣日復一日，身心煎熬又期待著上班賺錢。

終於等到次男順利的生產出來，此子也是唯一一個月雲在苗栗生產的小孩，月雲就在苗栗的工廠宿舍坐月子，此時月雲因為以後要帶三個小孩無法兼職做工作，所以在臨盆前兩星期交接給新來的婦人，此婦人也是工廠員工林長模的太太，也由此林太太幫月雲坐月子。

因為大家都認識平凡也比較放心由林太太打理月雲坐月子的事，平凡唯一必須要幫忙的事又就是準備早、晚餐和洗尿布，在生完次男銘昌之後將近半年多平凡和月雲就把銘茂接回苗栗自己管教、看顧並且決定不再生育。

第十六章　遷居台北市

銘茂接回苗栗的第二年，也就是一九五八年，平凡姨丈位於台北市的玻璃工廠蓋好了，所以大部分的員工都會跟著遷居，平凡也不例外，跟著姨丈到台北市，月雲也結束了六年多的苗栗生活。

平凡姨丈的工廠位於大概現在的南京東路五段，也就是如今的光復北路。再過去幾百公尺，工廠的宿舍就位於靠近光復北路邊的八德路上，那時候的光復北路以東附近幾乎沒有房舍，只有荒地。

宿舍的房子有四層樓高，宿舍位於二樓，是老闆租給工人住的臨時宿舍，樓下店面是買賣腳踏車修理行，隔壁的店面是米店。宿舍大約有四十多坪左右，從靠近馬路邊裝置了各約一點五到兩坪的三間通鋪小房間，其餘地方放了上下鋪三個雙人床，和沿著牆壁放了三個上下鋪單人床，一間浴廁和一個小水泥台，以供大家輪流煮飯。

以前沒有瓦斯爐，都用小爐子燒炭，每次煮飯宿舍裡面都要煙燻一陣子，煤炭是用工廠燒爐掉下來的煤渣，所以不用錢，但是平凡需要每隔幾天就要扛一袋回來。

平凡的房間就位在靠近馬路的邊間，有窗戶，從上面可以看到馬路上的人、車，小孩子沒去讀幼稚園，最喜歡在靠在窗邊看人、車、風景。因為房間的大小約只有一坪半左右，還要放一些行李、棉被和一些廚房用品，所以兩大三小必須擠在一起，另外兩間就給林長模和陳漢榮各一間，平凡每天就從宿舍走路到南京東路的工廠上班。

工廠不大只有四百多坪，所以沒有蓋宿舍，只有辦公室和一個小停車場，監於上次火災的教訓，這次工廠加強了防火經驗，把辦公室和工廠隔開來，中間有一個小型停車場。但是這樣會使得工廠變小，不過為了安全只好犧牲了使用面積。工廠的生意越來越好，大戰之後百家齊放，只要工廠作出來的東西都會有人要，大型的玻璃自動化工廠都是做彈珠汽水瓶，或是其他的飲料瓶子、藥水瓶，中、小型的玻璃工廠就做一些香水瓶、玻璃燈、或是化妝品瓶。

平凡幾乎每天都需要加班工作到很晚，家裡的小孩子全部交由月雲處理，在沒有電冰箱和洗衣機的年代，當然買菜、煮飯和洗衣服都是每天必須作的事，因為很忙就把小孩子放在房間玩。

房門是拉門式的虛掩沒有鎖，最小的孩子銘昌剛滿週歲不久，走路還不穩，通常是動一動爬累了就睡覺；老大是女生，乖乖的坐下來看窗外的風景；虛歲四歲的老二銘茂比較不安分，走來走去找不到東西玩。

有一天黃昏大概五點多，月雲在屋後煮飯，因為宿舍的屋子是西曬，太陽直接照到平凡屋子房間的窗戶，銘茂被曬得的覺得不舒服，刺眼就拿起鏡子反射回去，鏡子的反光太陽影像，照一照就照到對面的西藥房，銘茂覺得很有趣，不停的拿鏡子照對方，而對面的西藥房老闆覺得很刺眼，就很不高興，銘茂不知道對方在說什麼，隔了太遠聽也聽不到，只是覺得對方表情很有趣。對方感覺不到銘茂的回應，氣沖沖的就跑過馬路上來二樓。

二樓宿舍的門是常開的，所以對方很容易的來到平凡的房間，氣沖沖的從門縫中看到銘茂拿著鏡子，一拉就打開門只看到三個小孩子在那裡，然後大聲的說：你在作什麼玩。大女兒被嚇哭了，銘茂瞪眼不知道對方要作什麼，沒有哭，最小的銘昌睡醒了，也跟著哭，驚動了宿舍內的大人。

宿舍內只有婦孺，男生都在工廠還沒有回來，月雲看到二個陌生男子站在房間門口，馬上發揮母性，趕快衝進前去護在房間門口，大聲的問對方要作什麼，對方有一點嚇倒回答說：你們的小孩子一直用鏡子照我們，影響我們藥房作生意。

月雲先是要小孩不可以再玩，然後對對方說：小孩子不懂事應該對大人說才對，怎麼可以直接對小孩子吼叫？

對方說：把小孩子管教好！說完就離開了，幾個婦人也不敢攔住他們。

等到平凡和同事回來的時候月雲述說這件事，平凡和其他的工人同事大家都憤恨不平，尤其現在平凡幾乎已經是他們的頭兒，大家更是握緊拳頭說：到對面理論去！

一群十幾個人就浩浩蕩蕩走到對面的西藥房，對面西藥房老闆和夥計看到這麼多人來勢洶洶的已經嚇到講不出話來，平凡對西藥房老闆說：不管怎麼樣，你怎麼可以直接開人家的房間門？如果剛好有女生在裡面換衣服要怎麼辦？你是想強暴嗎？

眾人大家我一句你一句的指控，讓西藥房老闆不知道如何是好，雖然想爭辯但是小聲，大家根本聽不到，面紅耳赤最後只好向大家道歉，這件事情就此落幕。

平凡覺得小孩漸漸長大了不能再限制在這小房子，妻子和子女的安全也很重要，無法繼續住在宿舍，次年就搬到斜對面的巷子轉角洗衣店二樓上，這也是平凡第一次自己租屋。

第十七章　新的開始

以前工廠租的宿舍每逢大雨，樓下沒有淹水但是樓上卻淹水，因為往樓下的排水管阻塞了，水排不掉倒灌回來到二樓，放在地上的拖鞋和其他東西通通飄浮起來。

平凡新租的房間大約只有兩坪多一些，只是比以前大一些，還有一個小客廳，而且不會淹水因為房間、客廳直通後陽台走道，出入都由此後陽台上下樓梯，不過這也要花掉將近三分之一的薪水，廁所和浴室一樣都在外面，煮飯也在外面陽台走道，每次剛煮飯的時候都會把煙霧吹的到處都是，不過還好煙熏只有約十五分鐘左右就不會了，好像現在的烤肉要用木炭取火一樣。

平凡仍然常常需要從工廠搬炭渣回來燒火，大女兒素定九月就開始讀小學，就讀的是敦化國小，上學的時候卻常常哭著回來，因為阿那時候學校教室不足，有時候上下午課，有時候上上午課，素定沒有上幼稚園，老師的各省的北京國語聽不懂，常常不知道老師在說什麼。老師常常在下課前才說：下星期上下午課，但是常常聽不清楚，所以時常搞混。

平凡現在於工廠的身分雖然是副廠長，但是因為沒有實際的廠長（廠長由老闆兼任）所以平凡等同於做廠長的事，但是領的是副廠長的薪水。

平凡經常是加完班後必須留下來，把明天要做的原料先配製好，再研究新的配料，研究配料需要把各種原料做不同的增、減之後再拿去火爐燒，燒完出來看顏色是否正確才能再做下一次的調整。除此之外還要考慮到溫度的高低所影響的色差，和實地生產的難易度和可行性，這樣不停的測試。

除了姨丈給的一本早期日本發行的玻璃工業概略，平凡又拜託人從日本買來一本玻璃顏色論述，平凡雖然有讀到高等科，但是對於一些化學的專有名詞還是需要去請教別人，平凡看完後又不停的實驗以符合客戶的要求，經常下班已經很晚，這樣的結果身體也吃不消。

就在次年某一天的深夜，平凡忽然感覺到左後腰腎臟的地方極度的陣痛，看了醫生說是腎結石，打了止痛針稍微緩和就回家，那時候的台灣醫療還沒有很完整，不會考慮開刀，白天忍耐著做工作就忘記或者忽略疼痛，第二天晚上還是痛，痛到無法睡覺只能趴著到天亮，接連好幾個晚上都是痛，接下來就用民間的藥方開始喝化石草，把化石草當開水喝，醫生的建議是多喝可以利尿的飲料，例如啤酒、咖啡、果汁等等，但是這些在當時都很貴，化石草需要煮而且中醫說對人很寒，喝多了對身體也很不好。

這樣過了一個多星期才終於把石頭排放掉，平凡人也瘦了十幾公斤，不過暫時放下心中煎熬的大石頭，平凡對於玻璃產品的研究沒有間斷，持續著早出晚歸的生活，假日仍然喜歡帶著全家到松山的松都戲院或是更遠的玉成戲院看電影，當然偶爾也會到郊外草山或是碧潭走走。

次年一九六一年九月銘茂也開始上學，平凡的身體又恢復過來以前的健康，但是次年又來一次膀胱結石，這次平凡忍痛每天又把化石草當開水，喝了一星期之後就把結石排出來，不過腎結石、膀胱結石還有尿道結石之痛真的是一般人很難忍受，還好平凡正在專注於玻璃的研究，雖然還不到廢寢忘食但是也算一心一意，最近終於有所突破開發出乳白色來，以往只能做透明的顏色現在開發出來乳白色可以做為不透明玻璃瓶的應用，例如仿陶瓷花瓶、煙灰缸、化妝品瓶等等，這些在日本已經做出很多但是當時台灣還沒有做出來。

平凡接下來要研究如何量產，而且除了乳白色以外還有更多的顏色例如：不透明乳粉紅色，乳黃色、乳藍色等等太多顏色的玻璃等待開發。再次年平凡已經正式升為廠長，雖然薪水沒有增加多少倒是責任增加更多，但是平凡還是很高興甘之如飴，因為平凡想這樣可以增加自己的工廠實務管理經驗，之前所有的管理都屬於工廠內部的但是和辦公室的連接比較少，現在多了看帳簿傳票、發票的經驗。

第十八章　合夥創業

平凡當了廠長只有更忙，除了發配平日每個員工要做的事情，客戶交付需要生產的產品或者需要更換模具，除了試模之外更要試驗玻璃顏色，爐火的溫度也必須注意，忙得不可開交，每天只有更晚下班，家裡的事情完全丟給月雲也幫不上忙，唯一可以做的事情而且也一定會做的，就是不論多晚下班都會記得帶一包炭渣回去。

次年有一天接到母親打來的電話，說想買房子，在西螺住家附近有人要賣房子，需要兩萬圓，孝順的平凡在次月就湊齊了，平日省吃儉用的錢拿回去給了王氏，平凡回家不過三星期左右，就收到消息說媽媽被爸爸程金德給打傷了。

平凡一到休假就趕快回去西螺家看媽媽，原來是王氏把原本要買房子的錢，因為貪圖將近二成的高利息拿去借給鄰居，希望用錢滾錢賺更多錢回來，結果被鄰居倒了，鄰居人也跑掉了無法追回來，以前投資金融管道不發達，民間只有靠互助會或者借貸來賺利息錢，而且日本人的統治剛結束民風還很純樸，借貸之間全憑口頭承諾，所以王氏才敢借錢給人家，但是很不幸的王氏所遇非人被倒了，程金德知道此事後一氣之下拿起木劍就要打王氏，王氏心虛邊哭邊跑，兩個人就這樣追趕起來，結果王氏還是被程金德打到了幾下，手、腳和背部都受傷。

程金德和王氏都知道平凡賺錢不容易，辛辛苦苦賺來的錢卻這樣就沒有了，程金德打了王氏之後兩人都各自走開掩面流淚痛哭流涕，平凡了解狀況後還不停的安慰兩老說：錢再賺就好，不用再耿耿於懷。

雖然這樣說，平凡心裡還是很悶，心想：我必須再多努力幾年了。次年，平凡最小有腦膜炎體弱多病又智障的弟弟得病過世了，雖然讓王氏減輕了沉重照顧的負擔，但是這心頭肉也讓王氏傷心了一陣子，平凡又拿出三萬讓王氏買了新房，總算是沖淡一些哀痛。

平凡在擔任副廠長和廠長的當中，分別結識了在工廠擔任業務的同鄉由西螺來的廖學法和廖本國，廖學法於四年前先到工廠上班，作了約兩年左右就說因為個人因素而離開工廠，之後就由廖本國接任業務的工作，這兩位業務員也因為職務需要的關係而認識了平凡，廖學法的年紀大平凡三歲，比較老成持重，做事情比較慢條斯理，廖本國小平凡約十二歲左右，年輕有活力，想法比較新但是也比較沒有經驗缺乏耐性。

廖本國常常在下班的時候站在旁邊看平凡整理工廠和配原料作實驗，因此久而久之和平凡建立了良好的溝通和關係，平凡平時不善於言詞，但是講起玻璃卻頭頭是道能夠講個不停，廖本國就會找機會問平凡一些玻璃的問題，不過廖本國也是做了大概兩年左右於一九六四年十月底離開工廠，平凡了解做業務不容易，平時除了接單開發新模具搶生意以外還要幫忙送貨，最困難的是等待收貨款常常需要等到晚上，很晚了客戶才會開支票付錢，還怕客戶支票跳票倒閉，被老闆責罵扣薪水，所以業務員的流動性很大。

當初平凡知道也了解這樣的商業生態才會選擇當技術工，平凡不想浪費時間在等候客戶收錢或者交談上面。不過就在冬至的前兩日剛好是星期日下午，廖本國連同廖學法一起來找平凡，在簡短的寒暄之後廖本國簡單的說明來意，就是想要請平凡合夥作生意，對於平凡來說這是他絕對意想不到的事，他本來想這一輩子就安安穩穩的在工廠研究玻璃就好，創業對他來講不是沒想過，只是覺得會不會和老闆競爭搶生意很不好意思，所以也沒有花心思在這裡，如今有一個機會，平凡卻回答他們說：對不起，我目前還沒有準備作生意的打算。

對方兩人看中的是平凡對於玻璃技術的成熟，和他們倆人可以去跑業務的專長。平凡想的是和他們合夥是在生產玻璃，在東家這邊也是生產玻璃，那麼何必要離開？而且對姨丈很不好意思，所以婉謝他們。

之後平凡也有對月雲提起此事情，月雲說：這個事情你決定就好，不過能有賺錢的機會就要努力去賺。月雲的說法讓平凡心裡起了一點漣漪，次年元宵節過後的星期日，廖本國和廖學法兩人又來找平凡，這一次他們是有備而來，願意給平凡技術乾股，連同平凡總共有五個人，每人出資五萬，平凡只要四萬另外一萬就算技術乾股不必拿出來，每人一股所以總共是五股。

這對於手頭還不寬裕的平凡是很大的誘因，也是一個機會，因為前年才平白損失兩萬圓的平凡是太好了，不過平凡仍然不敢答應他們，必須得要姨丈同意才可以，如果姨丈不同意，平凡還是不會去和他們合夥作生意，廖本國和廖學法也願意等平凡去和姨丈談再說。

平凡回家和月雲談，說了之後得到妻子的贊同。隔天上完班之後，晚上就去找姨丈，平凡用有一點顫抖的聲音對姨丈說：我想離職去創業可以嗎？

平凡幾乎不敢看姨丈的臉，隔一下子傳來姨丈的回答：我想你來找我談之前應該所有的事情都考慮清楚了，還有包括各種風險。

停了一下姨丈繼續說：你在我這邊有二十年了吧！是可以出去闖一下

增加你的人生經歷，如果有碰到什麼困難可以回來找我，技術上你大致沒有什麼問題，只要稍加研究即可，但是做生意上還是要用功和很小心。

平凡說：我會努力以赴，謝謝姨丈這二十年的栽培。

第十九章　購屋

虛歲四十的平凡才要創立事業，是否有一點老了，平凡花了半個月的時間辦理交接，把廠內重要的事物、模具交給新來的廠長，事實上平凡的老同事陳漢榮和林長模這幾年早就離開到新竹、苗栗開工廠做生意，平凡看在眼裡不能說沒有心動，但是因為礙於不想和姨丈競爭事業的因素而不敢動，想說就在工廠內好好的研究玻璃就可以，想不到還是得出來市場上競爭。

平凡合夥所租的工廠就在萬華火車站後面，就在平凡剛上台北工作，已經被燒掉的玻璃工廠的對面，先向蘇老闆的玻璃窯租了兩個甕並且購置了一些機具，請了一些員工，買了二手的發財車，拿回客戶的模具就開始生產，同時一邊想開發什麼樣式的燈飾。

那時候政府推行的十大建設經濟一片看好，又逢戰後百廢待舉，除了共產國家全世界都遍地開花景氣欣欣向榮，民間大建住宅，所以美術燈飾業也是一片榮景，百花齊放，不過競爭也非常激烈，倒閉的風險也很高。

為了就學、就業方便，平凡一家人就搬到工廠旁邊的汕頭街，小孩子也從敦化國小轉學到雙園國小，平凡向阿婆新租的房子在汕頭街底，有一廳一房，大女兒和平凡夫妻一起睡在房間，銘茂和銘昌就睡在客廳，靠牆壁放了一個上下舖鐵床，都在讀小學的兩兄弟一個睡在上舖一個睡在下舖，客廳兼飯廳、兼書房和臥房。

平凡雖然不懂中文還是死背，努力認識國語考取摩托車駕照，一邊走路去上班認真工作，一年很快就過去，平凡的合夥生意竟然第一年就把生財器具的錢賺回來還有一點盈餘，這就給平凡很大的鼓舞，不過沒有多久，爸爸程金德說牙齒疼，平凡回去看他也順便帶他去看牙醫，結果感染了破傷風，坐在計程車回來的路上死在平凡的懷中。

程金德發瘋之後雖然沒有什麼作為，但是他很注重小孩的教養，除了最小的男生有病和最小的女孩因為戰爭後無法繼續就讀，其餘的小孩子都是高等科畢業，父親的逝世平凡當然傷痛不已，但是仍然打起精神幫忙王氏處理後事，事實上如今王氏除了向平凡拿錢以外幾乎不管事，大小事情都任由平凡決定安排打理，王氏經常向別人說：平凡是出生來負責幫忙照顧程家的。

處理完後事之後家族決定把農田通通賣掉，因為已經無人可以下田耕種或是照顧，也許不是沒有人只是大家皆不願意下田作活，平凡的五中三個妹妹皆已嫁人，只有三妹離婚再住回家裡，有拿了一筆離婚贍養費，最小的妹妹也將要到台北萬華車站附近學習裁縫，二弟是韓陳義士也是榮民，政府每個月都有津貼，只有三弟在打零工賺錢。

兄弟姊妹無法也沒有意願下田，種田的粗活沒有人要做，把田地賣掉是必然的結果，平凡回台北沒有多久，西螺就回話把田地全部賣掉，賣地的錢由王氏平均分配，平凡分到了十萬圓，就在台北市的東園街買了生平的第二間房子，在西螺的新房子雖然是平凡出的錢，但是平凡不敢說登記在平凡的名字，但是爸爸程金德似乎沒有意思要登記為他自己的名字，一直等到要簽約登記時仍然沒有表態，所以王氏就說要登記在平凡自己的名字，所以在西螺的中山路屋子是為平凡的第一間房屋。

東園街的房子是二樓連棟並排，一邊無法進出車輛的，平凡買的是一樓，但是裡頭很難做店面生意的，居家還可以，雖然租房子的屋主阿婆曾經勸平凡標會買整樓，但是平凡仍然不敢這樣做，因為萬一如果生意失敗的話可能就沒有錢給標會的會長，不過只經過三年，平凡就把這房子賣掉，換成附近的整棟二樓房，但是房價也比三年前的二樓房價貴了十萬圓以上，平凡也不後悔，因為他只想實事求是腳踏實地的去做，在這當中聽到花蓮有師父沿路托缽大眾捐款，想要蓋醫院，月雲也捐款買病床共襄盛舉。

第二十章　幫助親戚就業

平凡於合夥生意的次年，因為需要管理員工廠無法幫忙生產的工作，所以就把二弟和三弟找來工作，二弟做甕口捲玻璃的工作，三弟做配製原料的工作，結果不到幾個月，二弟安信已經無法忍耐不做了回去西螺，三弟安坤不在玻璃甕口，沒有那麼熱，但是煙塵瀰漫，需要搬運玻璃沙原料，也很粗重。起先也是抱怨連連，需要不斷的安撫，但是仍然做不到半年就離職。

平凡接下來又找到月雲的二弟俊和和三弟俊煌擔任甕口捲玻璃的工作，俊和也是離職了又回來，這樣來來去去好幾次，甚至於到其他工廠做事又回來，最後還是選擇離開去，三弟俊煌就比較願意吃苦，一直工作下去，平凡的三弟離開後過好幾個月，在外面工作也不如意，又再回到平凡的工廠，平凡又才能專心於管理的工作，把配製原料完全交給三弟。

月雲的三弟俊煌做了一、兩年之後又把四弟俊祥找來做，四弟俊祥因為有三哥俊煌的教導和鼓勵，比較快適應，也能夠忍耐堅持繼續做下去，一年後月雲和母親商量後，又把以前曾經得過輕微的腦膜炎的五弟俊華叫來工作，只不過先從簡單的搬運工做起。

如此做了一陣子後，四弟俊祥因為和工人住在一起，耳濡目染學會了賭博，賭贏了還好，賭輸了乾脆不上班，平凡還要自己跑到宿舍找人。平凡管理工人很是頭痛，經常跑到宿舍去抓賭博，有時候氣的說：你們那麼喜歡賭就跟我賭比大小，把你們所有的錢通通押注下來，一次定輸贏好了。結果沒有人敢賭。

五弟俊華比較沒有錢，偶爾也會跟著賭。三弟俊煌愛看武俠小說或是其他小說，也就沒有參與賭博，不過五弟俊華有一次跑到華西街去玩，刑警和警察正在抓不良幫派份子，而俊華不知道要閃到旁邊，而杵在路當中，警察覺得可疑就把他上手銬抓到警察局，還是平凡去把俊華保出來，這件事也讓俊華很氣餒為什麼不抓別人只抓他。

俊華在平凡的工廠呆了一陣子之後很不如意，就跑到桃園、鶯歌的工廠上班，隔了一陣子就失蹤，直到數年之後警察找上平凡，說俊華在桃園臥軌自殺，因為沒有身分證明所以用無名屍處理，因為俊華弱智也沒有當兵，所以完全沒有資料，直到桃園的警察四處比對到萬華的指紋檔案記錄才查出是什麼人，此件事情讓月雲母親和家人都很悲傷，只是一個腦膜炎卻釀成這樣的不幸。

話說回來，平凡買了東園街的房子，次年就開始有源源不絕的客人到訪，最先到來的是月雲的二舅的三女兒，也就是月雲的表妹素貞，平凡的房子本來就不大約二十坪左右，再隔成三房兩廳，一間雙人房平凡夫妻在睡的，一間小房放了一個上下舖單人床和一個小書桌給女兒用，和另外一間通舖給兩個男生睡，那時候還是一樣沒有瓦斯爐和洗衣機的時代。

素貞來了就和女兒擠小房睡上舖一邊找工作，半個月之後找到工作仍然繼續住下來，不到半年月雲阿姨的大女兒淑惠也來借住也一邊找工作，淑惠就和讀國小和初中的銘昌、銘茂睡在通舖，再後來淑惠的妹妹淑溫也來借住，也只能一起擠大通舖。

兩年之後素貞找到基隆的工作就搬離開到基隆去住，淑惠就去和平凡的女兒去擠小房間，淑溫也離開了到別處工作，不過這時候的通舖變成西螺的親戚北上臨時借住的房間。

月雲大舅的兒子或是二舅的女兒們和其他的親戚都陸續的來找工作借住，月雲大弟的兒子們來台北玩同樣也是借住平凡的房子，對於親戚們不間斷的造訪借住平凡都表示歡迎，並認為當能力許可時應該多多幫助人家，平凡總是說：多人多福氣，家裡熱鬧一點很好。

這時候的平凡和月雲已經是親戚小輩們共同的大哥和大姐，這樣子的狀態一直持續到平凡換了房子也是如此，直到十年後眾弟、妹成家後才減緩，不過當有親戚北上來辦事或者遊玩平凡的房子房間仍然是滿載著親情。

第二十一章　停止合夥生意

平凡和其他股東合作十年後陸續發生了一些事情，先是股東抱怨平凡的親戚們出勤狀況不好，使得交貨延遲，而且不願意加班趕工，再來是有股東私自外接生意，到外面生產獲取私利，再來是有股東不願意再給平凡乾股的股利，認為平凡已經有十年的技術乾股，平白獲利也夠了，不過最主要乃是股東私自消費或者喝酒卻報公帳，此事情一直層出不窮無法解決，還有這幾年玻璃甕窯的老闆也年年漲價，不過平凡也有抱怨呆帳過多，很多帳款都收不回來，冰凍三尺非一日之寒，股東間的嫌隙已久到了不得不拆夥的時間。

股東們當初想在一起打拼賺錢的熱情已經蕩然無存，相愛容易相聚難，平凡不想再合夥作生意，他想自己獨立開公司，合夥十年以後平凡和股東們拆夥，另外到土城獨自租了玻璃甕窯中的兩個甕生產玻璃，並且在板橋租了一個店面當公司也當倉庫，自己找工人、一個業務兼送貨和一個聽電話的會計小姐，並且也買了一台二手貨車就開始作生意。

以前舊有的客戶知道平凡自己出來開公司，除了有一些比價以外，大部分都繼續給平凡做，但是此時的玻璃業界的環境更加競爭，雖然業績增加但是惡性倒帳的客戶也增加，算起來賺得反而更少但是更忙，平凡也只有儘量篩選客戶，淘汰付款比較拖延的客戶，另外想辦法開發新樣式的玻璃燈。

那時候有一款玻璃燈罩，外觀是五角直邊型式，平凡把它改成類似五片小白菜葉子，葉片底部往外捲起，再加工以腐蝕酸霧化玻璃表面，此款小白菜燈罩很受客戶歡迎，結果不到兩個月，市面就開始大量的出現仿造品，雖然各家所開的模具開的無法一模一樣，但是基本上都是大同小異，一時百家爭鳴。

市面上都是小白菜燈飾，平凡也感覺無奈，因為開發了十種模具最多只有一種樣式會得到市場的青睞，也就是說需要賠另外九具模子的費用，有時候開發了二十組模型，還不一定有一組會受到歡迎，變成要賠二十組模具費，還要忍受別人的跟進模仿製造，用低價競爭。

親朋好友妻子小孩都問為何不去申請專利，平凡說：等到專利許可下來也許此樣式已經過時了，何況你也不知道那一種樣式才能大賣得到市場青睞，如果十種樣式通通去申請專利費用也很高。而且當時的法律並不完善，商業營業人們的守法觀念淡薄，唯利是圖，所以申請專利是緩不濟急，唯有盡快出貨或者很快的開發新產品、新樣式。

平凡的公司算是新公司，只有不停的開發新客戶，因此收到芭樂票的機會也高，被倒帳的機率也高，公司雖然還有賺錢但是很辛苦，需要不停的催買貨、送貨、催收貨款和開債權會議。

做了三、四年後業務稍微穩定下來，卻發生業務和會計小姐同時離職，兩個年輕人離職結婚共同再去開公司，而且會搶老東家也就是平凡公司的客戶。平凡一開始也是很不高興，但是想一想覺得這倆人也是他一手栽培的出去，能夠作生意有成就也值得欣慰。平凡釋懷之後不再去想，重新招募了會計，並且找來月雲的三弟俊煌來跑業務。

至此平凡的公司總算穩定下來，但是業績卻也失去甚多，必須重新找回來，這時候有一家建設公司的經理找上來，說要開發橋頭玻璃磚燈罩，不過因為是政府的標案，數量不多，而且模具費需要廠商自行吸收。

平凡心想此案很多廠商不接，是因為數量少又要自己開模，但是單價利潤必定不錯，就算此次沒有賺錢，但是也沒有賠錢，只是做白工，但是至少有模具在手上，於是接了單子下去開模，也順利交貨，建設公司也順利安裝玻璃橋頭磚到橋墩上。

此後幾乎每半年就會接到或多或少的玻璃橋頭磚的訂單，因為那時除了有些新蓋的橋需要以外，很多因為車禍或者強烈颱風物品撞擊等自然天候因素的破裂，政府必須重新補貼安裝上去。

第二十二章　海外投資

第一次石油危機的時候，平凡重新調整了生意方式，只做少量多樣，而且客戶數也只維持一定的量，因為這樣即使被倒帳也比較少，公司可以承受的住風險。即使這樣，平凡的生意雖然有小賺錢，但是也必須不停的催討貨款，追問訂單。平凡早上到土城工廠，安排工人上模具的作業，並且確認生產的玻璃產品數量和品質，下午到板橋的公司處理業務，或者隨同俊煌送貨拜訪客戶，日子緊張而且忙碌。

就在有一天，很久沒有見面的廖本國帶了兩位陌生人進來公司拜訪平凡，簡單寒暄之後，廖本國介紹這兩位來賓是來自菲律賓的華僑，一位姓張，另外一位姓陳，他們兩人都是在菲律賓從事建築和裝潢的事業，回到欣欣向榮的臺灣考察經濟，因為看到正在蓬勃發展的市場，想到菲律賓也有可能一樣經濟發展，所以就想到在菲律賓沒有比較好的玻璃燈飾製造工廠，而想找人去投資生產。

當時的菲律賓經濟已經比臺灣進步許多，一圓披索可以兌換新台幣五圓，菲律賓航空是亞洲第一大，當時的平凡在業界也已經小有名氣，廖本國的父親是日本人，也認識這兩位華僑，所以才會透過廖本國找到平凡。

平凡考慮再三之後，覺得投資的風險仍然太大委婉拒絕，之後這兩位菲律賓華僑仍然不死心，再透過廖本國來遊說，平凡認為菲律賓人生地不熟，自己也已經五十幾歲了，再幾年就六十歲，需要保守以對，不過廖本國說：現在他們要你投資，都不用出錢，只要做玻璃窯和生產技術，就可以另外給你百分之七的乾股，你還是玻璃廠長，可以領薪水，不會像現在這麼辛苦，需要兼顧內外。

平凡回到家和月雲商量，幾經考慮後想到孩子都已經是大人了，不需要他們太操心，此時素定已經從女師專畢業多年，在國小當老師，銘茂也已經服完兵役退伍，在一家公司上班，銘昌明年也會退伍，手中也有一點積蓄，家中已經沒有什麼需要掛慮，決定給自己一個機會到外國闖看看。

就這樣平凡下定決心把臺灣的公司結束掉，遣散員工，平凡除了工廠給的乾股以外，並沒有再拿錢出來投資工廠，把風險降到最低。

第一次出國，月雲的三弟俊煌和平凡，隨同兩位華僑和廖本國到菲律賓馬尼拉的郊區設立玻璃工廠。工廠屋子和宿舍在平凡未到前早已經蓋好，在平凡和眾人的努力下，三十天後，玻璃土窯也建立起來，並且順利點火燒窯。

四周的加工機器設備和水、電也設立完成，約一星期後就燃燒到攝氏一千兩百度，開始放入玻璃甕。燈飾的溫度通常並不需要太高，接下來才開始試模，也順便由俊煌協助訓練和教導工人操作機械並且換裝模具，一座玻璃工廠就在平凡的指導下完成誕生。

工廠順利接單生產，工人作業也慢慢進入軌道，菲律賓是英語系國家，平凡雖然不懂英文，平時和工人的溝通在一番比手畫腳之後也還行的通，可是平凡是廠長兼股東，必須要簽署營業開支傳票，有很多細目根本看不懂，只知道花了多少錢，但是錢花在哪裡？是買了什麼東西還是去交際應酬，有什麼目的和意義？

剛開始還可以找股東問，但是慢慢的自己覺得麻煩，別人也覺得麻煩，平凡如果不問清楚隨便簽，到時候可能又是一筆爛帳，何況股東如果有意隱瞞，平凡也不見得會知道，現在工廠剛剛才設立完成，股東們也許還不會亂來，但是以後會怎麼樣？

平凡已經意識到這樣的狀況以後會有麻煩，只能自己用心學習，滿腔的無奈平凡也不敢告訴家人，在通訊不發達的年代沒有電腦、沒有網路，打國際電話一次三分鐘要好幾百塊，平凡打過兩次電話後，也第一次寫信給月雲。

從相親以後平凡沒有寫過信給月雲，這是第一次用日文寫信。周圍的人說它是情書，讓平凡更是用心來寫，也分享日常的生活點滴，月雲收到平凡的信以後，也第一次用日文寫信給平凡，兒子和女兒也都說它是情書，也增加了彼此一些甜蜜。

平凡不在的期間月雲第一次當戶長，不過壞消息是月雲貪圖了兩分半利息借錢給人家，第一次被倒了一百多萬，過年的時候平凡從菲律賓回到臺灣家裡，並且把遭遇到困難的狀況告訴了月雲。

平凡在家裡待了一個多月，在過年後帶著月雲去菲律賓渡假，平凡一邊在工廠上班，有空就陪同月雲到處遊玩，走遍了馬尼拉附近的景點，例如百勝灘和宿霧，在菲律賓渡假將近兩個月後，平凡和月雲連同俊煌一起回到了臺灣，從此平凡就不再回去菲律賓玻璃工廠，並且放棄個人股份權利。

第二十三章　後記

平凡回來台灣之後，又開始繼續經營玻璃工廠，也把俊煌叫回來一起工作。此時剛經過第二次石油危機不久，經營環境更加不好，不過平凡還是勇敢直前努力以赴，雖然有賺一點錢，但是被倒帳的也多，直到六十幾歲，身體大不如前，尤其工作環境高溫惡劣，在家人勸說下才退休。

本來年輕的時候直到出國前守錢如命的月雲，卻開始喜歡出國去玩，在菲律賓回來之後，平凡夫妻兩人每年都出國去玩很多次，玩遍了世界四十多國，在那個開放觀光沒有多久的年代，最遠包括南非和東歐，當然還有不計其數的中國和東南亞各國旅遊。

在那投資管道和資訊不暢通的年代，平凡理財並不是沒有買過股票，只是買了幾次股票都是賠錢收場，跟會也一樣被倒了幾次，所以就以銀行定存為主。

當時沒有電腦，更不用說網路，尤其平凡沒有讀過中文國語，市面資訊的取得只有靠勉強的讀報紙、看電視、雜誌來了解。

平凡一生孝順父母友愛兄弟姊妹，對朋友有義，對姻親有情，所以容易借給錢被倒，跟會被倒也是自認無可奈何，只能一笑置之。

國家圖書館出版品預行編目

平凡中的不平凡 / 廖茂松著. -- 臺北市 : 獵海人, 2022.04
面； 公分
ISBN 978-626-95657-2-6(平裝)

863.57 111003598

平凡中的不平凡

作　　者／廖茂松
出版策劃／獵海人
製作銷售／秀威資訊科技股份有限公司
114 台北市內湖區瑞光路76巷69號2樓
電話：+886-2-2796-3638
傳真：+886-2-2796-1377
網路訂購／秀威書店：https://store.showwe.tw
博客來網路書店：https://www.books.com.tw
三民網路書店：https://www.m.sanmin.com.tw
讀冊生活：https://www.taaze.tw

出版日期／2022年4月
定　　價／250元